Londra'daki Wolv … lığı Merkezi'nde Çocuk P… inin yanı sıra edebiyatla da … *dıklanma ve Sıkılma Üzerine* adlı kitabı son derece olumlu eleştiriler almış ve *New York Times* tarafından Yılın Dikkate Değer Kitabı seçilmiştir. İngiltere'nin saygın gazetesi *Guardian*'da Phillips hakkında şunlar söylenmişti: "Phillips, tıpkı Çehov gibi, hem iyi bir doktor hem de iyi bir yazar; insan davranışlarının inceliklerine gösterdiği ilgi iyi bir hikâye anlatıcısı olmasını sağlıyor... Her insanın derinlerindeki o temel yabancılığa hoş bir açıklıkla yaklaşıyor."

YAPITLARI: *On Kissing, Tickling and Being Bored* (1993; *Öpüşme, Gıdıklanma ve Sıkılma Üzerine*, Çev. Fatma Taşkent, Ayrıntı Yay., 1996); *On Flirtation* (1994; *Flört Üzerine*, Çev. Özden Arıkan, Ayrıntı Yay., 1997); *Terrors and Experts* (1995; *Dehşetler ve Uzmanlar*, Çev. Tuna Erdem, Metis Yay., 1999); *Monogamy* (1996; *Tekeşlilik*, Çev. Bülent Somay, Metis Yay., 1997); *The Beast in the Nursery* (1998; *Kreşteki Yabani*, Çev. Özden Arıkan, Ayrıntı Yay., 2000); *Darwin's Worms* (1999); *Promises, Promises* (2000; *Hep Vaat Hep Vaat*, Çev. Ferit Burak Aydar, Metis Yay., 2007); *Houdini's Box* (2001); *Equals: On Inhibition, Mockery, Hierarchy, and the Pleasures of Democracy* (2002); *Going Sane* (2005; *Akıl Sağlığı Üzerine*, Çev. Kıvanç Tanrıyar, Ayrıntı Yay., 2020); *Side Effects* (2006); *On Balance* (2010); *Missing Out: In Praise of the Unlived Life* (2012; *Kaçırdıklarımız: Yaşanmış Hayata Övgü*, Çev. Selin Siral, Metis Yay., 2015); *Becoming Freud* (2014; *Freud Olmak: Bir Psikanalist'in Gelişimi*, Çev. Şahika Tokel, YKY, 2016); *Unforbidden Pleasure* (2015; *Yasak Olmayan Hazlar*, Çev. Saliha Nilüfer, Metis Yay., 2017); *On Getting Better* (2022); *On Wanting to Change* (2022). Ayrıca şu kitapları derleyip yayına hazırlamıştır: Charles Lamb, *Selected Prose*; Walter Peter: *The Renaissance*; Edmund Burke: *A Philosophical Enquiry*; *The Electrified Tightrope: Selected Pychoanalytical Papers of Michael Eigen*; *Richard Howard: Selected Poems* (Hugh Haughton ile birlikte); *John Clare in Context* (H. Haughton ile birlikte); *Intimacies* (Leo Bersani ile birlikte); *On Kindness* (Barbara Taylor ile birlikte, 2005; *İyilik Üzerine*, Çev. Selin Siral, Ayrıntı Yay., 2022); On Getting Better (İyileşmek Üzerine, Çev. Berçem Su Ozak, Ayrıntı Yay., 2024) ve *The Concise Dictionary of Dress* (Judith Clark ile birlikte).

Ayrıntı: 1793
Lacivert Kitaplar Dizisi: 67

Vazgeçmek Üzerine
Adam Phillips

Kitabın Özgün Adı
On Giving Up

İngilizceden Çeviren
Elif Ersavcı

Yayıma Hazırlayanlar
Elçin Yılmaz

Son Okuma
Şirin Kara

Kapak Tasarımı
Gökçe Alper

Dizgi
Esin Tapan Yetiş

Baskı ve Cilt
Ali Laçin - Barış Matbaa-Mücellit
Davutpaşa Cad. Güven San. Sit. C Blok No. 286
Topkapı/Zeytinburnu - İstanbul - Tel. 0212 567 11 00
Sertifika No: 46277

Birinci Basım *2024*

ISBN 978-605-314-734-3
Sertifika No: 10704

AYRINTI YAYINLARI
Basım Dağıtım San. ve Tic. A.Ş.
Hocapaşa Mah. Dervişler Sok. Dirikoçlar İş Hanı
No: 1 Kat: 5 Sirkeci – İstanbul
Tel.: (0212) 512 15 00 Faks: (0212) 512 15 11
www.ayrintiyayingrubu.com & info@ayrintiyayinlari.com.tr

twitter.com/ayrintiyayinevi facebook.com/ayrintiyayinevi instagram.com/ayrintiyayinlari

Adam Phillips

Vazgeçmek Üzerine

AYRINTI

LACİVERT SERİSİ

DEPRESYONUN ESTETİĞİ VE POLİTİKASI
Yerinde Saymak
Mikkel Krause Frantzen

LİBİDO ZİRVESİ
Seks, Ekoloji ve Arzunun Çöküşü
Dominic Pettman

GÜNCE
Birinci Cilt 1949-1965
John Fowles

İYİLEŞMEK ÜZERİNE
Adam Phillips

AKLIMDAKİ DİYARLAR
Timothy Brennan

DEĞİŞMEYİ İSTEMEK ÜZERİNE
Adam Phillips

DEĞİŞMEYİ İSTEMEK ÜZERİNE
Adam Phillips

TRAVMA VE RUH
Donald Kalsched

FREUD'UN YASI
Madelon Sprengnether

İLGİ ARAYIŞI
Adam Phillips

İYİLİK ÜZERİNE
Adam Phillips & Barbara Taylor

ZYGMUNT BAUMAN
Tony Blackshaw

CHE GUEVARA'NIN YAŞAM ÖYKÜSÜ
Lucía Álvarez De Toledo

SESSİZLİKLERİN DOKUNUŞU
Nâzım Hikmet Üzerine Konuşmalar
Ali Özgentürk

DAVALAR
Franz Kafka Hakkında
Elias Canetti

SHAKESPEARE'İN DOKUZ YAŞAMI
Graham Holderness

AKIL SAĞLIĞI ÜZERİNE
Adam Phillips

AĞAÇLAR
John Fowles

ÖYLE VE BÖYLE
Yeni ve Seçilmiş Denemeler
Adam Phillips

BİR İSYANCININ SÖZLERİ
Pyotr Kropotkin

PENCEREMDEN
17 Deneme + 1 Kısa Öykü
Julian Barnes

TEMBELLİK HAKKI
1848 "Çalışma Hakkı"nın Çürütülmesi
Paul Lafargue

KOMŞUM SADE
Alçak Filozof İle Birlikte
Pierre Klossowski

ÇOKAŞKLILIK
Thomas Schroedter & Christina Vetter

OKUMADIĞINIZ İÇİN TEŞEKKÜR EDERİZ
Dubravka Ugresiç

AŞK ÜZERİNE BİR DİYALOG
Eve Kosofsky Sedgwick

DİVANIMDAKİ ERKEKLER
Dr. Brandy Engler & David Rensin

GÜNAH KEÇİSİ
Charlie Campbell

ÖMÜR BOYU ESENLİK
Mutluluk Ödevi Üzerine Bir Deneme
Pascal Bruckner

KORKULACAK BİR ŞEY YOK
Julian Barnes

BEN ÖZELİM
Hal Niedzviecki

DİKİZLEME GÜNLÜĞÜ
Hal Niedzviecki

SON MEKTUP
Bir Aşk Hikâyesi
André Gorz

MASUMİYETİN AYARTICILIĞI
Pascal Bruckner

Leo Bersani ve John Forrester'ın anısına

Bunu ifade etmenin bir diğer yolu da şu olabilir:
Yaşama arzusunu mümkün kılan hayat koşulları nelerdir?

Judith Butler, *Ne Menem Bir Dünya Bu?**

Hastanın sıkıntılarının boyutlarını idrak ettikçe daha çok karamsarlığa kapılıyordum. Bundan Bion'a bahsettiğimde dedi ki, "Ne yapmak istemeye götürüyor bu seni?" "Vazgeçmek istemeye," dedim. Şöyle cevap verdi, "İşte bu grubun değişmeye hiç niyeti olmayan yanının yapmanı istediği şey..."

E. Trist, "1940'larda Bion'la çalışmak, Grup Yılları"

Zihin, eşzamanlı olasılıkların sahnelendiği bir tiyatrodur tüm aşamalarda.

William James, *Psikolojinin İlkeleri***

Ama bazı ayrımları da yapmadan olmuyor.

Philippa Foot, *Moral Dilemmas*

---

* Çev. Burcu Tümkaya, Metis Yayınları, 2024. (ç.n.)
** Çev. İrem Nur Polat, Mitra Yayınları, 2024. (ç.n.)

İçindekiler

Önsöz

İnsanlar, normal şartlar altında, bir şeyi bıraktıklarını veya bir şeyden vazgeçtiklerini söylerken genellikle sigaradan, alkolden, çikolatadan ya da günlük hayatın diğer anestezik hazlarından söz ederler; topyekûn hayatı bırakmaktan, intihar etmekten bahsetmezler (insanlar sadece kendilerine zarar verdiği düşünülen alışkanlıkları bırakmak isteme eğilimindedir öte yandan). Belli şeylerden vazgeçmek yararımıza olabilir, ama birinin her şeyden öylece vazgeçmesi fikri hiçbir zaman cazip değildir. Herkesin içmesine ihtiyaç duyan alkolikler gibi, hayatın yaşamaya değer olduğu ve yaşamaya değer olmak zorunda olduğu (düpedüz kutsal da sayılıyor olabilir tabii) yönünde kati bir kültürel mutabakat var. Mümkün olduğunca basit bir şekilde ifade etmek gerekirse, fedakârlıklar iyi ya da kötü olabilir ve hangisinin iyi, hangisinin kötü olduğu her zaman peşinen belli değildir.

Bir hayranlık duyduğumuz ve heveslendiğimiz vazgeçmek var, bir de bizi derinden tedirgin eden vazgeçmek. Gerçek umut ve gerçek umutsuzluk neyden feragat etmemizi gerektirir mesela, bir şeyden vazgeçerken yaptığımız şeyin ne olduğunu hayal ediyoruz tam olarak? Öyleyse, diyelim ki, bu kitap basit bir fikrin, temel ve geniş kapsamlı muğlaklığıyla ilgili. Değişebileceğimize inandığımız zaman bir şeylerden vazgeçiyoruz, değişemeyeceğimize inandığımız zamansa hepten vazgeçiyoruz.*

Yeni düşüncelerin tamamı, tıpkı eski düşüncelerin tamamı gibi, feda etmekle, istediğimiz hayatları elde edebilmek için nelerden vazgeçmemiz gerektiğiyle ilgili. Günümüzde sağlığımız için, gezegenimiz için, duygusal ve ahlaki esenliğimiz için ve tabii zenginlerin kâr etmesi için birçok şeyden vazgeçmemiz isteniyor. Ama bu iyileştirici fedakârlıklar cümbüşünün yanı sıra veya belki de altında bir umutsuzluk ve yalnızca bırakıp gitmek istemenin dehşeti de var. Hayatın mücadele etmeye değmeyebileceği hissiyatını uzak tutma ihtiyacı var, öyle bir mücadele ki bu; dinlerin, terapilerin, eğitimin, eğlencenin, metaların ve genel olarak sanatın amacı bize bu cephede yardımcı olmak. Görünen o ki, günümüzde giderek daha çok insan hayatına nefretleriyle, peşin hükümleriyle ve kendilerine buldukları günah keçileriyle devam edebiliyor aslında. Nietzsche'nin *Ahlakın Soykütüğü Üstüne*'deki ifadesiyle "hiçliği istemeye, yaşama karşısında gönülsüzlüğe, yaşamın en temel koşullarına başkaldırmaya" her zamankinden daha çok teşneyiz sanki.**

Siyasi ve şahsi ilişkilerde yaşadığımız daimi hayal kırıklığı, ifade özgürlüğü dediğimiz şeye yönelik talep ve bundan duyulan korku, uzlaşı korkusu ve özlemi ve muhtelif fundamentalizmlerin getirdiği zoraki uzlaşılar, kültürel alanda yılgınlık ve haklı bir öfkeden müteşekkil bir kültürel iklim yarattı. Canlılığımıza ilişkin çelişkili duygularımız, ne kadar geçici olursa olsun, canlılığın bizi ayakta tuttuğu hissi dayanılmaz bir gerilim

---

* *Bırakmak* ve *vazgeçmek* fiilleri metin boyunca *giving up*'ın karşılığı olarak değişimli kullanılmıştır. (ç.n.)

** Friedrich Nietzsche, *Ahlakın Soykütüğü Üstüne*, Çev. Ahmet İnam, Gündoğan Yayınları, 1998. (ç.n.)

halini aldı ve çözülmesi gerekiyor. Dolayısıyla, hayatlarımızı fedakârlık ve gizli ortağı taviz fikrine başvurmadan hayal ya da tarif etmeyi hâlâ beceremesek de, fedakârlık yaparak ne elde etmek istediğimiz ve ne elde edebileceğimiz meselesi daha da belirsiz; hem istediklerimiz hem istediğimizi bilmediklerimiz söz konusu burada. Şahsi ve siyasi ideallerin formülleri ya fazla kendinden emin ya da fazla kararsız bir hal aldı. Fedakârlık mefhumu ne istediğimizi bilmemize dayanıyor oysa.

Vazgeçmek, daima, bir şeyi daha iyi addedilen bir şey uğruna feda etmektir. Ne zaman bir şey yapmak istesek, ne zaman bir seçim yapsak, kaçınılmaz soru şudur: Vazgeçmek zorunda olduğumuz şey nedir? Seçim, tanımı gereği, dışlayıcıdır ve tercih bildirir. Demek ki işin içinde hayali bir takas vardır; karşılığında bir şey verileceği düşüncesiyle bir şeyden vazgeçilir. İster kendimize güvenimizden, ifade özgürlüğünden, sosyalliğimizden, istemekten, anlamdan, ister bizzat hayatın ta kendisinden vazgeçelim (ki bu kitabın her bölümü bunları farklı açılardan ele alıyor) diyebiliriz ki, müzakere edilen anlaşmanın bilincinde olmasak da aklımızda bunun bir getirisi vardır. Herhangi bir fedakârlıktan ne istediğimiz sorusu tartışmaya değerdir her zaman. Konuşulması gereken şey fedakârlık ve huzursuzluklarıdır. Bir şeyi ya da birini bırakmamız, vazgeçmemiz, ne istediğimizi düşündüğümüzü daima ortaya çıkarır.

Dolayısıyla şunu unutmamamız gerekir ki vazgeçmek, binbir türlü haliyle, başka her ne ise, hediye vermektir aynı zamanda (ve bu hediye her zaman yukarı verilir, daha yüksek bir otoriteye verir gibi, asla aşağı değil).* Kişinin bir şeyden vazgeçmesi, kendi varsaydığı menfaatinin, görünürde yeğlediği hazzın peşinden gitmesidir, ama çoğunlukla anlayamadığımız ve bütün ekonomilerde olduğu gibi, öngöremediğimiz bir ekonomide gerçekleşir bu takas. Sanki hayatımızın belli anlarında bize "Vazgeç!" ya da "Bırak!" emri verilir ve böylece müphem bir isteme, umma ve pazarlık hali başlar. Elimizden geldiğince fedakârlığımızın neticesini, bundan istediğimiz istikbali hesaplamaya

* "Vazgeçmek" anlamındaki *give up* öbek fiilinin "yukarı" anlamına gelen *up* prepozisyonuyla kurulması üzerinden kelime oyunu yapılmıştır. (ç.n.)

çalışırız (misal, bir fedakârlığın yalvarış mı, zorlama mı, yoksa ikisi de mi olduğu, manipülasyon mu, hazin bir teslimiyet mi, yoksa ikisi birden mi olduğu hiçbir zaman açık seçik belli değildir). Sanki hayatımızın belli noktalarında belli insanlara ya da kendimize ulaşabilmek için, kendi istediğimiz hayata ulaşmak için ne yapmak zorunda olduğumuzu soruyoruz. İstediğimizi düşündüğümüz şeyi kazanmak için neyi kaybetmek zorunda kalacağımızı soruyoruz. Kimi zaman, ne istediğini bilebildiğini iddia eden ve ne istediğini bilmekten, bu istekleri nasıl tatmin edebileceğine dair iyi fikirlere sahip olmaktan başka bir şey yapmayı hayal edemeyen alimi mutlak bir hayvanın hareketleri bunlar elbette. Feda etmek, yani vazgeçmek, bir nevi öngörüdür.

Çocuklar bırakılıp evlatlık verilir, ordular savaşlarda yenildi mi silahlarını bırakır (teslim olur) ve ölürken ardımızda birilerini bırakırız. Bu alakasız örneklerin her birinde bir şey devredilir, gerekli bir anlaşma yapılır, bir noktaya ulaşılır, bir kriz yaşanır, bir takasa girilir. Bırakmak ve vazgeçmek, başarı ve başarısızlıkla ilgili olduğu kadar, geçiş ve dönüşümle de ilgilidir adeta (vazgeçme fikri ahlak dersi çıkarmak için birebirdir: Vazgeçmek bir seçenek olduğunda değerlendirmeye asla direnemeyiz). Olduğumuz halimizle yola devam edemeyeceğimize inandığımızda vazgeçer ya da bırakırız. Dolayısıyla vazgeçmek her zaman, biz hafife almaya ne kadar teşne olursak olalım, kritik bir andır. Ama bir girizgâh, başka bir şeyin olmasının önkoşulu, bir tür beklenti, bir nevi cesaret kabilinden vazgeçmek, bir arzunun ölümüne işaret eder; başka arzulara da alan açabilir bu yolla. Diğer bir deyişle vazgeçmek, farklı bir gelecek kurma çabasıdır: Elbette, eylemlerimizin sonuçlarının niyetlerimizle orantısız olabileceği bilgisi dahilinde (vazgeçmek hem bir risk hem bir öngörüdür aynı zamanda).

İçimizdeki pragmatist, belli bir fedakârlığın ya da fedakârlığın ta kendisinin bize istediğimiz hayatı verip vermeyeceğini veya ne istediğimizi bilip bilmediğimizi merak edebilir. Pragmatist ayrıca bunu neden bu şekilde ifade ettiğimizi, niçin "vazgeçmek" dediğimizi de merak edebilir: Kendimizi icra ederken bulduğumuz ama baştan, başka bir şekilde tanımlayamaz gibi göründüğümüz bu eylemin faydası nedir? Çünkü eğer vazgeçmek sadece fikrimizi değiştirmek ya da revize etmek, baştan düşünmek veya tereddüt etmekse hatta baştan tanımlamanın başka bir ifadesiyse şeyleri kendimize farklı göstermenin bir yoludur. Ve bir şeye farklı bakarak farklı sonuçlar elde etmektir. Hayatlarımıza "vazgeçmek" tabirinin teşvik ettiği gibi kayıp ve kazanç, kâr ve zarar perspektifinden bakmaya ihtiyaç duymayabilir, el üstünde tutulan bir kültürel normu pekiştirmeyebiliriz. Hayatlarımızı bulmak için önce kaybetmek zorunda olmayabiliriz; belki de sadece bulabilir ve bulmaya devam edebiliriz (yas tutmak en çok yapmak istediğimiz şey veya yapabileceğimiz tek şey ya da yapmamız gereken şey olmayabilir). Bizi ayartan şeyleri yabana atmış olabiliriz. Bir analoji dikkatimizi dağıtmış olabilir.

Sanatçı ve psikanalist Marion Milner çarpıcı ve yol gösterici kitabı *A Life of One's Own*'da* (canlılığımızı nasıl sürdürebileceğimizle ilgili bir kitap bu: vazgeçmenin hakiki panzehiri olarak canlılıkla, canlanmakla ilgili bir kitap) "hayattaki amacının ne olduğuna karar verme" çabasını tarif eder:

> ... (bu konuda) hiçbir fikrim olmadığını anladım. Gerçekten ne istediğimi anlayabilme umuduyla günlük tutup gün boyunca başıma gelen en iyi şeyi yazmaya karar verdim. Montaigne'in *Denemeler*'i** ve ruh diye tabir ettiği şeyin insanın beklediğinden tamamen farklı olduğu, hatta çoğunlukla tam aksi olduğu yollu ısrarı da harekete geçirmişti beni.

Milner, modern bir insan olarak, işe ne istediğini çözmeye çalışmakla başlıyor ve sonra netleştirmek için, "ruh diye tabir ettiği şeyin insanın beklediğinden tamamen farklı olduğunu, hatta çoğunlukla tam aksi olduğunu" düşünen Montaigne'e atıfta bulunuyor. Milner özünün, ruhunun, gerçekten ne istediğiyle, onu neyin mutlu ettiğiyle ilgili olduğunu düşünmüştü; henüz

* Marion Milner, *Kendine Ait Bir Hayat*, Çev. Aslı Biçen, Metis Yayınları, 2024. (ç.n.)

** Michel de Montaigne, *Denemeler*, Çev. Engin Sunar, Say Yayınları, 2018. (ç.n.)

ne olduğunu bilmese de, hayatta bir amacı olması gerektiğini farz etmişti. Ama sonra Montaigne ona çok farklı bir yanının olduğunu, belki de en önemli yanının bu olduğunu ve bu yanının kendisinin istediğini farz ettiği şeyin tam tersini isteyebileceğini (her özün başka bir özü öne sürdüğünü) hatırlatmıştı. Bu da, bu bağlamda, hayatta bir amaç istemediği anlamına geliyor, onu mutlu eden ve istediği şey aslında onun için önemli olmayabilir. Ya da onun için daha önemli şeyler olabilir. Hayatın bir amacı olduğu veya istediğimiz şeyin mutluluk olduğu fikri, insanın zihnini daraltmasının veya kendini fazla basite almasının bir yolu olabilir sadece.

Bu sıra dışı projede Milner bir keşifte bulunur. Kendisine göre iki çeşit dikkat olduğunu fark eder: Dar Dikkat ve Geniş Dikkat. İstediği şey ve söylemek istediği şey için sadece sıradan dile ihtiyaç duyması ve dikkatini çeken şeyin dikkat olması dikkate değer:

1. Dar Dikkat. Bu ilk algılama şekli otomatikti, zihnimin kendi haline bırakıldığında günlük işlere uyguladığı dikkat buydu... Bu tür ilginin dar bir odağı vardı, bu şekilde anlık çıkarlarına hizmet eden şeyleri seçiyor, geri kalanları görmezden geliyordu. Görebildiğim kadarıyla "avcı bir hayvandı"; burnunu iz üzerinde tutuyor, koku peşinde sağa sola koşuyor ama etrafındaki geniş alanı görmüyordu. Etrafındaki şeylere, amaçlarına hizmet edip etmeyeceği, hedefine ulaşmasını sağlayıp sağlamayacağı gözüyle bakıyor, kendi başlarına ne olduklarıyla ilgilenmiyordu. Bu tavrı muhtemelen pratik hayat için elzemdi, bu yüzden de biyolojik açıdan zihne doğal gelen tavır buydu.
2. Geniş Dikkat. İkinci algılama yöntemi avcılık amacının dizginlenmesiyle ortaya çıkıyordu. Bu durumda insan hiçbir şey istemediğinden, incelemek için bir nesne yerine bir başkasını seçmesi gerekmiyordu, böylece bütüne toptan bakmak mümkün oluyordu. Bir şeyle meşgul olduğun halde ondan hiçbir isteğinin olmaması ikinci algının özüydü... Tesadüfen dikkatimizi geniş tutma becerisini keşfetmişsek o zaman büyülü bir şey meydana geliyordu.*

---

* *Kendine Ait Bir Hayat*, Çev. Aslı Biçen, Metis Yayınları, 2014. (ç.n.)

"Büyülü şeyin" büyüsü "can sıkıntısına ve usanca çiçek açtırıp sonsuz bir hoşnutluğa dönüştürmekti"; ikinci tür dikkat "birincisinde hiç yaşamadığım bambaşka bir keyif" veriyordu. Geniş Dikkat dünyayı büyülü bir hale getirir yeniden, Dar Dikkat ise küçültebilir. Dar Dikkat belli bir tür insan yaratır, kendini katı sınırlarla tanımlamanın yoludur bu; Geniş Dikkat ise alternatifler, kendimizi ve başkalarını görmenin alternatif yollarını sunar. Milner'ın burada Geniş Dikkat dediği şeyin amaçlardan, isteklerden ve konvansiyonel tatminlerden arındırılmış bir dikkat olduğu açık (kendini unutmanın bir versiyonu bu). Milner Darwinci, Freudcu ve doğrusunu söylemek gerekirse, haris amaçlardan azade görünen bu Geniş Dikkate erişmek için harcadığı çabaları capcanlı detaylarla anlatıyor. Kendisinin de teslim ettiği üzere, Blake'in "görü/vizyon" dediği şeyin bir versiyonu söz konusu. Erdeme dair her türlü ideolojinin ancak bir provokasyon olabileceğini kabul ediyor.

"Avcı bir hayvan" mahiyetiyle Dar Dikkat bilindik bir projenin, görünürde ne istediğini bilen ve istemenin (ve tatmin arzusunun) kendisini tanımladığını düşünen birinin projesinin parçasıdır. Geniş Dikkat halinde ise kişi ne istediğini peşinen bilemez, meselenin istemek olduğunu, yaptığı şeyin istemek olduğunu ya da yapabileceği tek şeyin istemek olduğunu farz etmez. Yırtıcı ve yırtıcı olmayan dikkat açıklamasıyla Milner, bize iki alternatif bakış açısı, iki bakma biçimi verir. Ve iki tür dikkate de ihtiyacımız olduğunu teslim etmesi kayda değerdir. Birini öteki uğruna feda etmemiz için ısrar etmek, bunu yapmayı öğretmek, bizi buna ikna etmeye çalışmak yerine, bu iki tür dikkati farklı şeyler için kullanabilmemizi ister. Öyleyse bu bir şeyden vazgeçmekle değil, repertuarı genişletmekle ilgili bir hikâye ya da şair William Empson'ın deyişiyle, "çelişkilerin ortasında durma" dediği şeyle ilgili. Durduğunuz bir taraf varsa bir çelişkinin nimetlerinden faydalanamazsınız.

Fedakârlığı ondan yok yere etkilenmeden, trajedi ya da *fars* diye yüceltmeden tanımlayabilir miyiz? İçsel bir üstünlük hissinin dikkat dağıtıcı etkisine karşı, bunu yapabilmenin içsel üstünlüğüne kapılmadan uyanık olmak gelir mi elimizden? Ya da vazgeçmekten, sadece en sevdiğimiz çilelerimizden biri gibi değil de, ahlaki ve duygusal karmaşıklığımıza faydalı bir ipucu gibi bahsedebilir, onu baştan tanımlayabilir miyiz? Bu kitap, vazgeçmeye şu vakte dek ihtiyacı olabilecek Dar ve Geniş Odağı verme amacıyla yazıldı.

Vazgeçmek Üzerine

Devam edeceğim.

Samuel Beckett, *Adlandırılamayan**

I

"Belli bir noktadan sonra geriye dönüş yoktur. İşte ulaşılması gereken nokta bu." Bu, Kafka'nın savaş sırasında, 1917'yle 1918 arasında, nihayetinde ölümüne sebep olacak tüberküloz teşhisi konduktan hemen sonra yazdığı "Zürau Aforizmaları"ndan biri. "Belli bir noktadan sonra geriye dönüş yoktur. İşte ulaşılması gereken nokta bu." Neden? Vazgeçme fikri her an aklımızı çelebileceği için mi? Ya da daha dolaylı bir şekilde, geri dönme, arkamıza dönme fikri, diyelim ki geçmişe,

* Samuel Beckett, *Adlandırılamayan*, Çev. Uğur Ün, Kırmızı Kedi Yayınevi, 2018. (ç.n.)

başladığımız yere geri dönme, ayak izlerimizi geri geri takip etme ya da sadece vazgeçmeyi seçebileceğimiz zamana dönme yahut da gerçekten ne istediğimizi baştan seçme fikri aklımızı her an çelebileceği için sanki ilerleme, tamamlama veya adanma artık geriye dönüşün olmadığı noktaya varmaya bağlıymış gibi. Bu noktada, nihayet kararımızı verdiğimiz ima edilmektedir. Seçim krizi sona ermiştir; çıkış arayışında, bahane arayışında değilizdir artık; alternatiflerle ertelemeler bizi ayartamaz bundan böyle. Ne istediğimizi bildiğimiz noktadır bu; bu noktaya kadar olduğumuz karmaşık, çatışmalı mahluklar olmayı bıraktığımız noktadır. Şüphelerimiz nihayet hükümsüzdür. Özgürüzdür bir bakıma. Geriye dönüşün olmadığı nokta, elbette ki, bundan önce belli bir miktarda geriye dönüş olduğu veya belli bir miktar geri dönmeyi isteyiş olduğu fikrini verir. Geri dönme arzusu bu zamana dek daima bir ayartı yahut da sadece bir seçim mahiyetiyle mücadele etmek zorunda kaldığımız şeymiş gibi. Bizi tamamlanmamış eylemlere yönelik bir arzu, kararsızlığın, belirsizliğin, ertelemelerin hazzı, vazgeçme arzusu da yönlendiriyormuş gibi. "İçinde öyle bir his var ki" diyor Kafka bir diğer aforizmasında, "sanki sadece canlı olmakla kendi yoluna taş koyuyormuş gibi."

Açıkça görülüyor ki Kafka bu fırsatla, vazgeçme şıkkıyla, yer yer geri dönmenin, kendi yolumuza taş koymanın da icap ettirebileceği vazgeçişle ilişkimiz üzerine düşünmemizi istiyor. Vazgeçme, fikrinin daimi bir cazibe ve inatçı bir korku suretinde hayatlarımızı nasıl şekillendirdiği üzerine düşünelim istiyor. Kendimizi istediğimiz ya da istediğimizi düşündüğümüz şeyin dışında tutmayı içeren bir vazgeçiş mevzubahis. Bir imkânsızlık hissine ya da imkânların tükenmesi veya bir şeyin sonuna gelme hissine ilişkin bir vazgeçiş. Kendini muaf tutma ihtiyacından doğan vazgeçiş. Kişinin kendini vaktiyle kendinin saydığı bir projeden –belki gerekli kaynaklardan, bilgi ve beceriden yoksun olduğu, belki cesaret edemediği ya da şansı yaver gitmediği için– dışlamasındaki vazgeçiş. "Cesur kişi" demişti Jonathan Lear, "neyin utanç verici, neyin korkutucu olduğunu doğru bir şekilde tayin edebilir". Genellikle vazgeçmeye cesaretten yana bir eksiklik, utanç verici ve korkutucu olana doğru yakışıksız ya da mahcup edici bir yönelim gözüyle bakma eğilimindeyizdir. Başka bir deyişle, şeyleri sonuna kadar götürme fikrine, bırakma yerine bitirme fikrine kıymet vermeye, hatta bunu idealize etmeye meyilliyiz. Tamamlamak mazeret gerektirmezken vazgeçmek gerektirir; vazgeçmek koltuklarımızı kabartmaz genellikle; tercih ettiğimiz benliğimizin eksik gelmesidir vazgeçmek; doruk noktasında bir realizme, "sınırlarımızı bilme" dediğimiz şeye işaret değilse tabii. Diğer bir deyişle, vazgeçmek başka bir şeyde başarılı olmanın yolu gibi değil de, başarısızlık gibi düşünülür ekseriyetle. Vazgeçtiğimizde ya da azmedip vazgeçmediğimizde kendimizi kime karşı savunma ihtiyacı duyduğumuz da düşünmeye değer bir soru.

Geri dönmekle vazgeçmek her zaman aynı şey değil elbette: Bir kitabı okurken geriye dönmek kitaptan vazgeçmekten çok farklı bir şeydir. Yürüyüş yaparken geri dönmek yürüyüşten vazgeçmekten çok farklı olabilir. Zamanı geri almak istediğimizde zamandan vazgeçmiş olmuyoruz. Kısacası, geri dönmek tekrar gözden geçirmeyi kapsayabilir; vazgeçmek ise terk etmeyi ima eder (ve eğer gerçekten vazgeçersek geri dönüş yoktur). İkisi de bir nevi tersine dönüştür; ilerlemeye ve arzuya dair, en azından istikamete ve amaca dair şüphe ifadeleridir. Dolayısıyla, Kafka'nın bizi uyardığı şey temelde niyetle ilgili bir kaygı: Niyetlerimizi sabote etme, arzularımızdan veya bu arzuları gerçekleştirme kapasitemizden şüpheye düşme söz konusu. Vazgeçmenin ayartısı geri dönmenin ayartısından farklı olabilir yer yer ama her iki ayartı da bize vazgeçmekle ilgili bir şey söyler, vazgeçmek fikrimizi değiştirdiğimiz, niyetimizi gözden geçirdiğimiz, tereddüt ettiğimiz, bir şeyi yok ettiğimiz özel bir durumdur daima. Amaçlarımız doğrultusunda, Kafka'nın aforizmasını "Belli bir noktadan sonra vazgeçmek yoktur. İşte ulaşılması gereken nokta bu" şeklinde okumak ve vazgeçmekle ilişkimizin hayatlarımızda, mesela yardım almakla ilişkimiz kadar şekillendirici olduğunu söylemek, dolayısıyla bir şeyleri tamamlamanın, bitirmenin, zihinlerimizi boş yere daraltabilen bir zorbalığı olabileceğini ileri sürmek istiyorum. Vazgeçmekle ve yardım almakla ilişkimiz bizi bağımlılık saydığımız şeyle; ihtiyaç duyduğumuz şeye, yapmamız gereken, yapmamamız gereken ve de yapamadığımız şeye olan bağımlılığımızla yüzleştirir. Ego ideallerimize bağımlılığımızdan (olmamız gerektiğine inandığımız insanlara dair fantezilerimizden) vazgeçtiğimizde ya da bu bağımlılığımızı zayıflattığımızda hem bağımlılığımız hem de ego-ideallerimizin doğası ve işlevi meydana çıkar. Benliklerimizin tercih ettiğimiz versiyonları bizim için ilham kaynağı değilse, zorbadırlar (bu zorbalar aracılığıyla kendimizi aşağılayabiliriz). Vazgeçme tarihimiz, başka bir deyişle, vazgeçmeye karşı tavrımız, vazgeçme takıntımız, anlam ve önemini inkârımız gerçekten de benliğimiz değil, geçmişimiz diyebileceğimiz bir şeyin ipucu olabilir. Benliklerimizi etrafında örgütlediğimiz inançların ve hükümlerin ipucudur bu. Vazgeçmek önüne geçilmesi gereken bir felaket olabiliyorsa eğer, nasıl bir şey olduğunu hayal ediyoruz esasında? Vazgeçmekten fazla etkilenmemek de neye kıymet verdiğimizi gösteriyor öyleyse. Bir dünya kuruyoruz bundan.

Kahramanlar vazgeçmeyen insanlardır; bazen geri dönebilseler de nihayetinde sebat ederler. Ve göreceğimiz üzere, trajik kahramanlar genellikle vazgeçememenin feci örnekleridir. Bu açıdan trajedi bizi vazgeçmenin belli çeşitlerini yeniden değerlendirmeye davet eder. Kafka'nın kahramanları genellikle son derece inatçıdır: Vazgeçmeleri için önlerinde pek çok sebep olmasına rağmen çok ender vazgeçerler (kahramanlıkta kahramanca olan şey tam da vazgeçmeye karşı bu direnç, belki de vazgeçme fobisidir). Görünürde hiçbir sebep olmaksızın tutuklanmak, bir sabah böcek olarak uyanmak: İnsanın aklına bunların altında güçlü bir vazgeçme isteği olabileceği geliyor. Ama Kafka'nın kahramanlarının çarpıcı yanı ümitsizliklerinin ve çaresizliklerinin içinde ne kadar sabırlı olduklarıdır. "Umut var, ama bizim için değil." İştah kabartıp hevesi kursakta bırakacak bir şekilde, umut vardır, ama bize kadar değil. Mantıken şunu sorabiliriz: Ne anlamda vardır bu umut? Umutla nasıl bir ilişkimiz olabilir? Bizden kaçan ve istediğimiz bir şey olduğunu söyleyebiliriz: Sadece isteğimizde vardır umut, bu da umut etmekten vazgeçmek için geçerli bir sebep olabileceği gibi olmayabilir de. Dolayısıyla umut etmekten vazgeçmek, umut etmeyi istemekten vazgeçmek anlamına gelebilir ancak, tıpkı vazgeçmenin daima bir şeyi ya da birini istemekten vazgeçmek, biri olmak istemekten vazgeçmek demek olduğu gibi. Vazgeçerken vazgeçilmesi gereken şey istemektir her zaman. "Gidilecek bir yer var, ama giden bir yol yok" diyor Kafka başka bir aforizmasında. "O yola tereddüt deriz." Gidilecek bir yer olmasını istemekten, bir hedefimiz olmasını istemekten vazgeçemeyiz. Tereddüt de istemenin ayrılmaz bir parçasıdır, vazgeçme seçeneğini gözden geçirdiğimiz andır. Görünen o ki ego-ideallerine sahip olmaktan, olmak istediğimiz insanlar, gitmek istediğimiz yerler, henüz ulaşmadığımız bir ben olmasından vazgeçemiyoruz. İstediğimiz bir şey var ya da ihtiyacımız olduğunu düşündüğümüz bir şey (umut, hedef, geri dönmemek, tatmin) ama bunu istemekten vazgeçemediğimiz için bunu isteme sürecimizi, isteme biçimimizi baştan tanımlamak zorundayız (eğer umut varsa ama bizim için yoksa farklı bir şekilde umut etmek zorundayızdır; eğer bir hedef varsa ama ona ulaşmanın yolu yoksa yeni bir yaklaşıma ihtiyacımız vardır hedef karşısında). Açlık sanatçısı, popüler bir eğlence olarak modası geçse de, oruç tutmak istemekten asla vazgeçmez ama oruç tutmaya devam edebilmesi için açlıktan ölmemesi lazımdır; açlık sanatçısı olmak demek kişinin açlıktan ölüşünü hiçbir zaman tamamına erdirmemesi demektir, tıpkı sado-mazoşist ilişkilerde sadistin mazoşisti ona işkence etmeyi sürdürebilmek için asla öldürmemesi gerektiği gibi. Varmaktansa umutla yol almak evladır ama görünen o ki umutsuzca yol alıp hiç varamayabilirsiniz de. En azından tam olarak beklediğiniz yere asla varmayacağınız kesin.

Kafka'nın "Yasanın Önünde" meselinin başlığı, İngilizce çevirisiyle, yasanın varlığından önce bir zaman olduğunu* ve yasaya tabi olmak suretiyle hepimizin yasanın huzurunda ve öncesinde olduğumuzu ima eder. "Yasanın önünde bir bekçi vardır. Köylü bir adam bekçinin yanına varıp yasanın huzuruna kabul edilmek ister. Ama bekçi onu bu kez içeri koymayacağını söyler.

* "Before The Law" başlığındaki *before* kelimesi İngilizcede *önünde, huzurunda* anlamına geldiği gibi *öncesi, öncesinde* anlamına da gelir. (ç.n.)

Adam düşünüp taşınır ve bunun ileride kabul edileceği anlamına mı geldiğini sorar. 'Mümkün' der bekçi, 'ama şimdi değil.'" İsteği sonsuz kez ertelenen adam ölene kadar orada öylece oturur ama o ölmeden önce bekçi, "sağırlaşan kulakları duysun diye" avaz avaz bağırarak adama şöyle der: "Bu kapıdan senden başkası giremezdi, çünkü kapı yalnız senin içindi. Artık kapatma vakti geldi." Adam, sadist bekçi ondan vazgeçene kadar vazgeçmez. Dikkat edersek, vazgeçmenin sonuçlarına, vazgeçilirse neyin nasıl görüneceğine hiç kafa yorulmaz bu meselde. Kafka hikâyelerinin geri planında genellikle bir vaat vardır ama hiç gerçekleşmeyen bir şeyin vaadidir bu; Kafka'nın izleği vaktiyle varoluşsal kaygı denilen şey değil, boş yere ümitlenmektir sanki. Önü alınmış olasılıkların cazibesidir. Geri dönebilmekteki ya da vazgeçebilmekteki gerçek özgürlük, Kafka'nın korktuğu bir özgürlük gibi görünmektedir: Geri dönüşü olmayan, istenen şey her ne ise, her ne pahasına isteniyorsa, onu istemekten geri dönüşün olmadığı noktaya varmak istiyordur o. İstemek Kafka için (ama sadece Kafka için değil) bir bağımlılık gibidir sanki. Boş yere ümit verildikten sonra insan kendini iyileştirecekse eğer, ya durumu tersine çevirip boş yere ümit verip kıvrandıran olması ya da istemekten vazgeçmesi gerekir: İki intikam biçimdir bu, kişinin kendine karşı zalim olmasının iki hali.

Evlenmeyi düşündüğü tüm kadınlardan vazgeçen Kafka, vazgeçme izleğinden vazgeçemedi. Bu yüzden acıdan (hem kendi acısından hem de başkasının acısından) vazgeçmenin bir yolunu bulma eksenli daimi izleği üzerine yazarken, kulağa hem mahirane hem de hakiki gelen bir çözüm buldu: "Dünyadaki acılar karşısında geri çekilebilirsin (bu olasılık sana açık, mizacına da uygun) ama bu geri çekilme, kaçınabileceğin tek acı belki de."

Pragmatik yaklaşıp, Kafka'nın hiç sormayacağı şu soruyu sorabiliriz: Bunu yazmak hangi amaca hizmet edebilir? Vazgeçmenin hangi noktada, hangi durumlarda işe yaramadığını ya da yarayamayacağını anlamaya çalışmak bir amaç olabilir mesela. Başkalarının acısına yüz çevirebilir, sırtınızı dönebilirsiniz ve ihtimal o ki bu yüz çevirme gerçekten kaçınabileceğiniz tek acı olabilir. Başkalarının acısını tanımadığımız, teslim etmediğimiz için acı çekeriz. Dolayısıyla bu aforizmayı yazmasının bir diğer faydalı sebebi, insanları başkalarının acısını görmezden gelmenin ya da başkalarının acısından kaçınmak istemenin bedeli konusunda uyarmak. Kafka'da vazgeçilmesi gereken şey vazgeçmektir burada da; Kafka için mücadele her zaman geriye dönüşün olmadığı o noktaya varmaktır sanki. Derdi -pek çok meselinin izleği ve kahramanlarının pek çoğunun arzusu- vazgeçmenin bedeli ve acısıdır. Nasıl vazgeçilmeyeceği Kafka'nın saplantısıdır. (Freud'un ileriki yıllarında kurduğu içgüdüler mitolojisinin diliyle konuşacak olursak, Kafka ölüm içgüdüsünün zaferini önlemeye çalıştı daima, ama yaşama içgüdüsünü olumlamadan.) Kafka için vazgeçmenin yasak bir haz olduğuna hükmedebiliriz: Vazgeçmenin çekiciliğine, başarısızlığın keyiflerine karşı konmalıydı. Vazgeçmişlik düşünülemez ve yazılamazdı Kafka için. Ama ne uğruna? Vazgeçen türden biri olmayı istememek uğruna mı? Ya da Freudyen dilde konuşursak, kişinin ego-idealine, olmak istediği kişiye ihanet etmemesi için mi bu çaba?

II

> ...burada söz konusu olan, dünyada bulunan şeylerin çeşitliliğini hafife alıp almadığımızdır.
>
> A. J. Ayer, "The Central Questions of Philosophy"

Vazgeçmenin farklı biçimlerde tekerrür eden ama hepsi de Kafka'nın meşguliyetlerinin merkezinde yer alan en az üç belirgin anlamı var: yenilmişlik ve fedakârlık, başarısızlık ve ödün, zayıflık ve gerçekçilik. İngilizcedeki "vazgeçme" [*giving up*] tabirinin muğlaklığı yol gösterici: Vazgeçmek daima bir şeyden vazgeçmektir; bir şey ya da biri feda edilir. Ve fedakârlık, her şey bir yana, sadistik bir zevktir. Diğer bir deyişle, ne kadar yasak ya da utanç verici görünebilseler de, vazgeçmenin hazlarını hafife almamamız gerekir belki de. Kimsenin utancı göklere çıkarmak için bir şey yazmaması gibi, kimse yazılarında vazgeçmeye de övgüler düzmüyor. Sormak istediğim soru neden vazgeçtiğimiz değil, neden vazgeçmediğimiz. Neden vazgeçmek, vazgeçmekten kaçınmaya kıyasla daha az ilgimizi çekiyor? Sanki vazgeçmek üzerine enine boyuna düşünmemek gerekliymiş ya da mantıksal sonuçları bizi ancak ve ancak intihar düşüncelerine götürürmüş gibi. Zaman zaman, vazgeçmeyerek kendimize ve başkalarına ne yapıyoruz peki? (Trajedi bize bu konu üzerine düşünmemiz için yardım eder.) Camus 1942'de "Gerçekten önemli tek bir felsefi sorun vardır, o da intihardır" yazar. "Hayatın yaşanmaya değer olup olmadığı konusunda bir yargıya varmak felsefenin temel sorusuna cevap vermektir."

Sisifos Söyleni'nden bu pasajda –Sisifos burada absürt, eziyet çeken, ibretlik bir vazgeçmeme ustasıdır– Camus vazgeçmenin nihai ve mutlak biçimi olan intiharı felsefenin tek önemli sorunu olarak ileri sürer. Muhakkak ki her şey (ya da vakit harcamamız gerektiğine inandığımız her şey) hayatın yaşamaya değer olduğu yolundaki tartışmaya açık varsayıma (veya kanıya) dayanır; bu soru çocukların aklına, ilgi çekmek için dramatik davrandıkları durumlar dışında asla gelmez. Hepimizin bildiği üzere, söz konusu soru ergenlikte belirmeye başlar (hazzın zahmete değip değmediğini ergenlikte sorgulamaya başlarız). Hayatın yaşamaya değer olduğu bize kendini bir inanç şeklinde sunmaz genellikle; bu bir hakikatmiş gibi yaşayıp gitme eğilimindeyizdir. Dolayısıyla, bunu bir inançmış gibi sorgulamaya başladığımızda kendimize aslen şunu sormuş oluruz: Hayatta kalmaya değer olan nedir? Darwin'in bilmece ve şakayla karışık cevabı hayatta kalmanın hayatta kalmaya değer olduğudur (bu bağlamda hayatta kalmak sonsuza dek üremeyi icap ettirir). Freud'un daha sağduyulu ama bir o kadar rahatsız edici cevabı, hazzın hayatta kalmaya değdiğidir. Marx'ın cevabı ise toplumsal adalet, sömürüye dayanmayan toplumsal ilişkilerdir. Her birimiz kendi cevaplarımızı vermeyi isteyebilir ya da kendi cevaplarımız olmasına ihtiyaç duyabiliriz elbette, öte yandan yaşamaya devam etmek için neden geçerli sebeplere –ya da herhangi bir sebebe– ihtiyacımız olduğunu merak edebiliriz, ne de olsa başka hiçbir hayvanın böyle bir ihtiyacı yok gibidir. Sebepler, pek tabii, dille üretilir.

İntihar bizi geçerli sebepler (ya da Winnicott'un daha enteresan söyleyişiyle, doğru sebepler) ve sebep fikrinin ta kendisi üzerine düşünmeye ve konuşmaya sevk eder: Kişinin yaşamaya devam etme isteğini ayakta tutan nedir, bu istekten vazgeçmek ya da ona saldırmak yerine? (Vazgeçmenin neye ya da kime karşı bir saldırı olduğu da her zaman düşünmeye değer bir soru.) İntiharla ilgili her zaman belki de apaçık bir şekilde dikkat çekici iki husus var (apaçık olmaları bizi bir duraklatmalı gerçi): İntihar daima son derece rahatsız edicidir ve kişiyi tanıyan herkes için nedenselliği, bunun neden ve nasıl olmuş olabileceği, önlenmesi için kimin ne yapabileceği sorularını saplantı haline getirtir. (Winnicott biri ona kendini öldürmek istediğini söylediğinde asla caydırmaya çalışmadığını, sadece bunu doğru sebeplerle yaptığından emin olmaya çalıştığını söylüyordu.) Bir insanın böyle bir şey yapabilmesi, sanki kişinin kendini dışarıda bırakmaya -dışarı atmaya, kendini kendi projesinin dışında bırakmaya- yönelik bu nihai isteği, çizgiyi aşan bir şüphe ya da şiddetmiş gibi, neredeyse akıl almaz ya da belki de başka birinin hatası gibi görünür. Hayat vazgeçilemez, bırakıp gidilemez bir şey gibi geliyor bize (ya da kıymet vermek için kutsallaştırılmak zorunda gibi). Ve kutsal bir kozmosun mirasçıları olarak, intihar bireysel failliğin zaferi mi, bu farazi faillikten başka bir şeyin (insanı sadece bir şeytanın ayartabileceği bir şeyin mesela) zaferi mi, bizim için hiçbir zaman net değil; intihar seçim diyebileceğimiz bir şey mi, yoksa seçimin iptali mi bizim için asla net değil; bu seçim, başka şeylerin yanı sıra, seçmekten vazgeçme seçimidir. Kişiyi intihar etmeye yatkın hale getirenin ne olduğu, tabii böyle bir şey varsa, sorusuyla kalakalıyoruz sonuçta. Bir hayata dair ya da bizatihi hayata dair, bu kararı tartışmasız kılan nedir? Aynı şekilde, kişi niçin intiharın kendi repertuarında olmadığına inanma ihtiyacı duyabilir?

Öte yandan, her intihardan önce, ehemmiyeti değişen bir reddedilişler, kaçınmalar, sözümona başarısızlıklar tarihi vardır elbette. İntihardan önce vazgeçmenin diğer, daha tali biçimleri gelir. Olayların alışıldık seyrinde, vazgeçtiğimizde veya bir şeyi ya da birini bıraktığımızda, hayatın yaşamaya değer olup olmadığını sormuyoruz: Yapmak istediğimiz şeyin yapmaya değer olup olmadığını ya da bizim bunu yapabilecek beceriye sahip olup olmadığımı soruyoruz aslında. Vazgeçtiğimde ya başarısızlığı kabulleniyorumdur ya arzunun kaybını teslim ediyorumdur ya da sabotajın verdiği hazzın peşindeyimdir. Ama her ne sebepten olursa olsun, vazgeçmek benim istediğim şeye, yapmak istediğim şeye dönüşmüştür bu durumda.

III

Kifayetsizliğin hoş sözlerle ifadesi fazlasıyla rahatlatıcıdır, göz alıcı imkânsızlık iddialarının ağına düşürür boşa uğraşan insanı.

Hugh Kenner, *The Invisible Poet: T. S. Eliot*

Freud benim vazgeçme isteği dediğim şeyin bir versiyonunu ölüm içgüdüsü şeklinde tanımladı: "Biz iki tür içgüdü ayırt etmeye yöneldik" yazdı *Haz İlkesinin Ötesinde*'de, "biri yaşayanları ölüme yönelten içgüdüler, diğeri ise yaşamı durmadan yenilemeye ve sürdürmeye çabalayan cinsel içgüdüler". Tedavi ettiği kişilerde yaygın bir özyıkıcılık gibi görünen şeyden başka Freud'u bu görüşe neyin ittiği hiçbir zaman tam olarak açıklığa kavuşmadı. Freud psikanalizi şunu sormak için kullanır: İnsanlar niçin acılarına bağımlıdır? İnsanları kendi keyiflerinden vazgeçmeye, kendi keyiflerine bu kadar şevkle ve maharetle saldırmaya iten nedir? Öte yandan, Freud'un dediği gibi, "ölüm içgüdüsünü varsaymamızın yalnızca teorik bir dayanağı olduğu" için, "teorik itirazlara karşı dayanıklı olmadığını kabul etmemiz gerekir" ve Freud'un takipçisi Ernest Jones'un dediği gibi, "ölüm içgüdüsü fikrini destekleyecek mantıklı bir gözlem mevzubahis olmadığı gibi, bu fikir bütün biyolojik ilkelere de ters düşmektedir". Ben, Freud'un ölüm içgüdüsü fikrinin, benliğin en uç haliyle, daha çok değil, daha az hayat isteyen; vazgeçmek, durmadan yaşamı yenilemeye ve sürdürmeye çabalamayı bırakmak isteyen yanını açıklama biçimi olduğunu ileri sürmek istiyorum. Vazgeçmek bu versiyonda da tamamıyla yıkıcı addedilir yine; sanki hayatın yaşanmaya değer olmadığını düşünmek akla yatkın, inandırıcı, gerçekçi ve hatta merak uyandırıcı değil, ancak ve ancak yıkıcı olabilirmiş gibi. Freud'un da kişinin vazgeçmeyi seven, arzulayan yanını ölüm içgüdüsü dediği şeye yorduğu düşünülebilir. Buna içgüdü diyerek, yani yarı biyolojik bir statü vererek hayattan vazgeçmek için gayet güzel, ikna edici ve cezbedici sebepleri olan ve çoğunlukla aslında yaşamaya devam etmek istemeyen bir yanımız olduğunu söylemekten kaçınmaktadır. İçimizde, hayatın yaşamaya değer olduğuna, bunca zahmete değdiğine gerçekten inanıp inanmadığımızla ilgili sürekli bir müzakere döndüğünü –Freud başka bir yerde bahisleri yükselterek buna savaş der– söylemekten kaçınmaktadır. Çağdaşları bir yana, yirminci yüzyıl başında Viyana'da yaşayan muhacir bir Yahudi'nin neden böyle hissettiğini anlamak kolay. Alkoliklerin herkes içmezse rahat edememesi gibi, yaşama arzusu da bir nevi soru yahut da çatışmadan ziyade, bir bağımlılık ya da resmi bir ferman gibi tasvir edilir üstü kapalı olarak.

Freud narsizm üzerine makalesinde "nefretin sevgiden daha eski" olduğunu ileri sürerken, organizmanın "kendi meşrebinde ölmek istediğini" iddia edip "hayatı ölüme sürmek isteyen içgüdüsel güçlerden" söz ederken, içimizdeki bir şeyin nihayetinde bizi öldüreceğini söylemiyordu sadece; benliğin ölümü sahiden arzulayan, yaşam içgüdüsü denen şeyi öldürmek isteyen, Darwin'in öncelikli hakikatine rağmen ne pahasına olursa olsun hayatta kalmayı istemeyen bir yanı olduğunu da öne sürüyordu (öte yandan Darwin bize hayatlarımızın hiç de öyle özel bir tarafı olmadığını ve bu gerçeğin de özel bir tarafı olmadığını gösterdi elbette). Freud'un içimizdeki asli savaş saydığı şeyi, Freud'un iki "mitik" içgüdüsü Eros ve Thanatos tarif eder. "Eros'un amacı daha da büyük birlikler kurmak, onları korumak ve bağlamaktır kısaca" der Freud, "yıkıcı içgüdülerin amacıysa, aksine bağlantıları bozmak ve şeyleri yok etmektir". Vazgeçmenin bu kadar kötü şöhretli olmasının bir sebebi –sonuçta hiçbir zaman "o vazgeçmekte çok başarılıdır" ya da "vazgeçmek insana çok iyi gelir" gibi şeyler söylemeyiz– gündelik hayatta düzenli olarak vuku bulan vazgeçişlerin, nihai vazgeçişin yani intiharın habercisi ya da hatırlatıcısı gibi gelmesi veya yaşarken ölmenin nispeten yumuşak bir versiyonu yahut da Freud'un diliyle, ölüm içgüdüsünün sinsi, "sessiz" ve kademe kademe büyüyen zaferi, tutkunun uyuşması, can katan her şeyin yıkımı gibi görülmesidir. Vazgeçmek çok kötüye işarettir sanki. Vazgeçmek istemek en kötü işaret, vazgeçme temennisi kendi içimizde had safhada dikkatli ve temkinli olmamız gereken bir şey gibidir. Bir virüs, bulaşıcı bir hastalıkmış gibi. Freud'dan sonra da, en başta Melanie Klein'ınkiler olmak üzere, psikanalizin ölüm içgüdüsü denilen şeyin işleyişiyle ve buna hangi şekillerde karşı konup ne şekilde idare edebileceğiyle ilgili çeşitli versiyonlar boy gösterdi.

Freud ölüm içgüdüsünün sessiz işleyişinden bahsederken canlılığımızı, geleceğe yönelik dürtümüzü (ki bu da bir "daha fazla hayat" biçimidir) sinsi sinsi, bazen gizli gizli zayıflatan bir şeyi tarif etmektedir. Dolayısıyla Freud'un "teorik" olduğunu –ampirik açıdan ne doğrulanabilir ne de çürütülebilir olduğunu– en başta kendisinin kabul ettiği, hiçbir aşikâr biyolojik geçerliliği olmayan (Darwinci tabirle, hayatta kalmama içgüdüsü diye bir şey olması mümkün mü?) bir fikir öne sürmesinin sebebi, bence modern insanın bir deneyimini, vazgeçme isteğini, isteklerin belki de en sekülerini ele almanın, tanımanın ya da bunun hakkında konuşmanın bir yolunu bulma ihtiyacı duymasıydı.

Freud'un Eros ve Thanatos'tan bahsederken, Eros'un projesini tasviri –daha büyük birlikler kurmak– ensest arzuyu da içerebilecek gibi görünse de, ensest tabusuna hiç değinmediğini belirtelim. Oysa ensest tabusu, en korkutucu ve rahatsız edici tabu olan intihar tabusunun, yaşamak istememenin, hayat ıstırabının mücadeleye değmeyeceği, hayatın ta kendisinin katlanılmaz olduğunun idrak edilmesinin soluk bir gölgesi olabilir. İster depresyon ya da psikiyatrların deyişiyle "intihar düşüncesi", ister meyyal olduğumuz, cansızlaştıran, güçten düşüren başka hastalıklar şeklinde patolojikleştirelim; vazgeçmek, her nedense, yapmamamız gereken şeydir. Bu noktada, vazgeçme isteğinin bizi boş yere dehşete düşürdüğünü ya da düşürebildiğini, yok yere sindirdiğini ya da sindirebileceğini ve vazgeçmenin ürkütücü bir şekilde intiharla bağdaştırılmasının bizi daha ılımlı, daha öğretici, daha vaatkâr vazgeçişler üzerine düşünebilmekten alıkoyduğunu ileri sürmek istiyorum. İntihar üzerine hakkıyla düşünmekten de alıkoydu. Cinselliğin travmadan arındırılması için ensest arzudan ayrıştırılması gerektiği gibi, vazgeçmenin de intihardan soyutlanarak travmadan arındırılması gerekiyor. Eğer bu bağlamda içgüdülerden bahsetmemiz lazımsa (ki aslında değil) Freud'un ölüm içgüdüsünü bir "vazgeçme içgüdüsü", vazgeçmeyi daha ciddiye almanın bir biçimi şeklinde yeniden tarif etmek niyetindeyim. Vazgeçmeye ille de ciddi, meşum bir hava katmak demek değil bu, Sisifos'u komik bir figür olarak görebiliriz mesela. Herkesin repertuarında olan vazgeçmek okullarda öğretilmeli. İntihar vazgeçmenin paradigması olmasa, ya da tek paradigması olmasa; hayatın, neredeyse dini bir anlayışla özünde yaşamaya değer olduğu sorgusuz sualsiz kabul edilmesi gereken bir şey gibi algılanmasa, vazgeçmek neye benzerdi, kulağa nasıl gelirdi diye düşünmemiz gerek. Hayatı işkence olan insanları yaşamaya devam etmeye zorladığımızda onlara işkence ediyoruz çünkü.

Samuel Johnson'ın muhtelif "vazgeçme" tanımlarını dikkate almalıyız belki de: "çekilmek; bırakmak; teslim olmak; terk etmek; teslim etmek". "Terk etmek" hariç, hayatı katlanılmaz kılan sebeplerle fazla haşır neşir bir adam için şaşırtıcı ölçüde cezalandırıcılıktan uzak kelimeler bunlar. (İnsanların katlandığı şeyler gerçekten de akıl almaz; bu kadar az insanın kendini öldürmesi hayret verici.) Tüm biçimleriyle vazgeçmeyi suç olmaktan çıkarmak şaşırtıcı ölçüde zor oldu hep.

Trajik kahraman dediğimiz kişiler, daha önce de bahsettiğim gibi, asla vazgeçmeyenlerdir; ya da daha ziyade vazgeçmeyi beceremezmiş ya da vazgeçmeye isteksizmiş gibi görünen kişiler. Vazgeçmenin gerçek bir seçenek gibi görünmediği kişiler. Muzdarip oldukları şeyin tam da vazgeçmeyi reddedişleri olduğu söylenebilir. Kendilerini idare edişlerinde bir amansızlık, zorbalıklarında bir alimi mutlaklık vardır. Lear, Othello, Macbeth, Timon (ve farklı bir açıdan Hamlet) muayyen amaçlarından saptırılamaz ya da büyük ölçüde caydırılamazlar. Trajedi, bu kişilerin vazgeçmeyi reddederek var ettiği şeydir. Aynı noktadan hareketle, çoğunlukla da dolaylı bir şekilde, trajedi herhangi bir anda vazgeçmenin ne anlama gelebileceğini keşfeder. Vazgeçmemekle hangi faciadan kaçınıldığını merak ettirir. Çünkü trajik kahraman için vazgeçmek tavır değiştirmek, fikir değiştirmek demektir. Kişiyi kuran inançlar bütününden vazgeçmek demektir. Zorba gibi, trajik kahraman da kendi zihninin karmaşıklığını katı bir düzene sokma ihtiyacı duyan kişinin uç noktadaki versiyonudur. Bu bağlamda, vazgeçmek hayal kırıklığıdır, ya yeniden bir hayale kapılmayı ya da daha büyük bir gerçekçiliğe ulaşma olasılığını beraberinde getirir daima. Hayal kırıklığına uğrayıp gözlerini açmak, şüpheye müsaade etmektir; bir şeyi (bir aşk ilişkisini, dini bir bağlılığı, bir iş tercihini) nasıl hissettirirse hissettirsin, sonuçları ne olursa olsun, daha açık bir şekilde görmektir. Yani bu hayali spektrumun bir ucunda beraberinde bir gelecek sorusunu ve dolayısıyla olasılığını getiren aydınlanma kabilinden bir hayal kırıklığı, diğer ucunda intihara yol açan nihai bir hayal kırıklığı var. Bir geçiş aşaması olarak ya da mutlak, kesin bir son mahiyetiyle vazgeçmek var; bir de sona anlam vermek için vazgeçmek veya anlam vermeyi ve bütün gelecek son vermeleri sabote etmek için vazgeçmek. Kaybın yükünü taşıma ya da kaybı ortadan kaldırma anlamında vazgeçmek. Vazgeçmeye dair fikirlerimizi, vazgeçmeye dair resimlerimizi nereden aldığımızla ilgili bir mesele bu; vazgeçmeyi nasıl hayal ettiğimizle ilgili bir mesele. Ya da vazgeçmenin ne işe yarayabileceğiyle. İşte bu, trajedinin öğretici olabileceği nokta.

IV

> Her ne olursa olsun tutunmak her şeyi giderek daha az hafife almak anlamına gelir
>
> Amy Clampitt, "A Hermit Thrush"

Macbeth bir yol gösterir: Eğer vazgeçme modelimiz intihar değilse, uyku olabilir. Biz her gece vazgeçeriz: Bilinçten vazgeçeriz, düşünmekten vazgeçeriz, teyakkuzdan vazgeçeriz, dikkatten ya da ataletten vazgeçeriz, uyanık hayattan vazgeçeriz. Johnson'ın deyişiyle, teslim oluruz. (Başka ifadeler de kullanabiliriz: Bırakırız, terk ederiz, kendimizi bilinçsizliğe teslim ederiz.) Uykuyu vazgeçmenin iyicil, besleyici, onarıcı versiyonu gibi düşünebiliriz; vazgeçmenin ne olabileceğine dair, intiharın sunduğundan daha güven verici, hatta canlandırıcı bir resim gibi. Uyku, daha geniş anlamlı bir vazgeçmenin panzehiri ve de ipucudur. Şu da hatırlanmaya değer ki Macbeth uyuyamayan bir adamdır, tıpkı bir kez sözü edildikten sonra Duncan'ı öldürüp tahtına geçme projesinden vazgeçemediği gibi. Macbeth Duncan'ı öldürdükten sonra da uyuyamaz, kral olma sevdasından vazgeçmek de elinden gelmez. Bu ikisi, elbette ki, birbiriyle alakalıdır.

Macbeth Kafka'nın vazgeçmenin ya da geri dönüşün olmadığı "belli noktasına" çok çabuk ulaşır. Onunla ilgili en şoke edici şeylerden biri, azminin ve kararlılığının süratidir. "Tez canlılık ve sadece tek bir şeye odaklanmak Macbeth'in tabiatında var" der eleştirmen Michael Long. Tereddüde, gözden geçirmeye veya şüpheye hiç vakit kalmamalıdır sanki. Arkasından esen rüzgârın dinmesi tehlikesi vardır sanki daima. Fikir değiştirmek –hatta Duncan'ın tahtına geçmekten vazgeçme olasılığı bile– düşünülmemeli, düşünülememelidir. Macbeth geri dönmeyi aklından sadece oyunun en başlarında geçirir. "Kalsın bu iş, gitmeyelim daha ileri" der Lady Macbeth'e, o da şöyle cevap verir: "Giyinip kuşandığın umut sarhoş muydu yoksa? Uykularda mıydı şimdiye dek? ... İstemekte yiğit, yapmaya gelince korkak, öyle mi?"* Macbeth'in endişeleri kabul görmez, korkaklık ve tutarsızlıkla suçlanır yalnızca. Tereddüt etmek zayıflık emaresiymiş gibi, Lady Macbeth onu kendinden şüphelendiği için aşağılar. Burada uykudan bahsedilmesi dikkat çekicidir ("uyku" kelimesi *Macbeth*'te Shakespeare'in diğer bütün oyunlarındakinden daha çok geçer) ama bir tür görevi ihmal mahiyetiyle: Macbeth'in umudu, azmi, uykuya dalmış gibidir ya da sarhoşlarda görüldüğü gibi, uyuyunca geçmiş gibi. Duncan'ı öldürme kararının üzerine uyuyup uyanınca, aklının başına ge-

---

* *Macbeth* çevirileri Sabahattin Eyüboğlu'na ait. İş Bankası Kültür Yayınları, 2002. (ç.n.)

lebileceği hiçbir şekilde öne sürülmüyor. Kişinin kendinden şüphe etmesi ve şüphenin ta kendisine saldırılması -alay etmek suretiyle saldırılması- gerekir ki plan değişikliğinin ya da vazgeçmenin ("Kalsın bu iş, gitmeyelim daha ileri") imkânsız, akıl almaz kılındığı koşullar oluşturulabilsin. Eleştirmen Wilbur Sanders'in oyunun "meydan okuyan, çarpıcı enerjisi" derken kastettiği budur.

Duncan'ı uykusunda öldürmeyi planlamaktadırlar elbette: "Hele Duncan bir yatsın/Derin uykulara dalsın/Bugünün yorgunlukları üstüne." Pek çok eleştirmenin dikkati çektiği üzere eşik ve geçişlerle dolu bu oyunda, uyku eşiği, uykuya dalma eşiği ilga edilir. İkinci perdede Macbeth korkmuş bir vaziyette şöyle der:

Bir ses duyar gibi oldum: "Kimseler uyumasın artık!
Macbeth uykuyu öldürdü!" Evet, masum uykuyu,
Kaygılar yumağını çözen uykuyu,
Her günkü hayatın ölümünü, yorgunlukları yıkayan suyu,
Yaralı canların merhemini, yüce tabiatın baş yemeğini,
Hayat sofrasının cana can katan ziyafetini.

Duncan'ın öldürülmesinin -ve bunun beraberinde getireceği gayri tabii ve gayrimeşru iktidar değişikliğinin- aleyhinde bir iddia oluşturmak için, Macbeth uykuya ve uykunun onarıcı gücüne dair bu harikulade savunmayı yapmak zorundadır. Eğer uykuyu öldürürseniz -bu örnekte uykuyu kralınızı öldürerek öldürürseniz- hayat kaynağınızı öldürmüş olursunuz. Macbeth artık uykuya teslim olamaz, Lady Macbeth de uyurgezerdir; bu da uykuyla uyanıklık arasındaki başka bir eşiktir. Uyurgezerlik, hekimin dediği gibi, "Büyük bir iç sıkıntısının belirtisidir: Uyku halindeki bünyede uyanıklık halleridir". Kuruntuludur, "olmayacak kuruntular rahatını kaçırır". Artan gerilim, geri dönüşün olmadığı o noktaya ulaşmak en acil ihtiyaçmış gibi, yeniden düşünme imkânını sabote eder ve buna karşı önlem alır. Trajik kahraman için seçim, yerini bu görünen ya da varsayılan kaçınılmazlığa bırakmak zorundadır.

Macbeth'te uyku bilincin, amacın ve hırsın durakladığı veya bunlardan feragat edildiği onarıcı bir vazgeçiş olarak göklere çıkarılır ve yası tutulur. Uyku, Macbeth'in amansız kararlılığının doğal dengi ve panzehiri gibi sunulur: Macbeth "gök gürültüsüne rağmen" uyuyamaz ve uyuyamayacaktır. Trajik kahramanlar, Macbeth'in fazlasıyla açık bir şekilde ortaya koyduğu gibi, hiç uyumamaya çalışan insanlar gibidir. Kendilerine müdahale edemez ve müdahale edilemezler. Bunlar vazgeçmenin, hatta tereddüt etmenin faydalarını reddeden insanlardır, vazgeçmenin her şeyden vazgeçmek gibi geldiği insanlardır. Vazgeçememek kayba, kırılganlığa, savunmasızlığa yer açamamak, izin vermemektir; zamanın geçişine ve zamanın geçişinin beraberinde getirdiği değişikliklere izin verememektir.

Vazgeçmek bir son hissi gerektirir: Artık bu ne kadar mümkünse, işin bittiğini bilmektir. Son hissinin içinde tamamlanmışlık hissi olmayabilir elbette. Şeyler, çoğunlukla bitmeden sona erebilir: Bize dert olmaya devam eden kopuşlar, terk etmeler, cesaretini kaybedişler, çözülmemiş meseleler vardır. Crow [Karga] kabilesinin şefi Plenty Coups,* bir avcı ve tuzak ustası olan Frank B. Linderman'a Crow halkı bir bölgeye kapatıldıktan ve hayatlarını sürdürmek için ihtiyaç duydukları sığırlar katledildikten sonra, kabilenin hayatının fiilen sona erdiğini söylemişti. Hayatları kırılmıştı. "Sığırlar gidince halkımın yüreği yere düştü ve yüreklerini bir daha yerden kaldıramadılar. Bundan sonra hiçbir şey olmadı."

Bundan sonra hiçbir şey olmadı. Hayal etmesi hayli güç bir deneyim bu. Crowlar Tanrı vergisi bildikleri topraklarda yaşamışlardı; bu topraklar onlardan alınınca hayatlarından vazgeçmekten başka çareleri kalmamıştı. Nasıl ki insanlar çoğunlukla delirmekten ziyade delirtilirse, vazgeçmekten çok vazgeçirtilirler de. Trajik kahramanın büyük bedeller pahasına direndiği şey budur. Sayıca kendilerinden çok olan beyaz sömürgecilere yenilen Crowlar başlarına gelen musibete ne direnebilirler ne de bunu baştan tanımlayabilirler. Crow kabilesini konu alan kitabı *Radical Hope*'ta [Radikal Umut] Jonathan Lear savaşın, ka-

* Şefin adı "Birçok Başarı" şeklinde çevrilebilir. (ç.n.)

bilenin hayat tarzını gerek diğer kabilelerden gerek beyazlardan korumalarının bir yolu olduğunu söyler. Crowlar savaştan önce Güneş Dansı dedikleri bir dans icra ederler: "Güneş Dansı bir intikam duası olduğundan doğal olarak askeri kesitlerle doluydu." "Savaşmak artık mümkün değilken, Güneş Dansı ne işe yarar?" diye sorar Lear. Bu tür bir yıkımla yüzleşen kültürün önünde üç seçenek olduğunu ileri sürer.

1. Dansın anlamı kaybolmuşsa bile dans etmeyi sürdürmek. Ne işe yaradığını artık kimse bilmese de ritüel devam eder.
2. Dansa yeni bir amaç uydurmak. Dans devam eder, ama bundan böyle amacı, örneğin beyazlarla müzakereleri kolaylaştırmak, çiftçiler için güzel havaları çağırmak veya hasta bir akrabaya şifa bulmaktır.
3. Danstan vazgeçmek. Bu, Güneş Dansı'nı icra etmenin artık bir anlamı kalmadığının üstü kapalı teslimidir.

Crow kabilesi Güneş Dansından 1875 yılında, rezervasyon bölgelerine taşınmalarından yaklaşık on sene önce vazgeçti. "Yıkımı geride bırakmak için" der Lear, "onu kabul etmek gerekir. Teoride şu sorunun cevabı yok: Güneş Dansı kutsal bir geleneğin devamı mı, yoksa nostaljik bir kaçış mı?" Lear gibi biz de vazgeçmemenin ne anlama gelebileceğini düşünmeliyiz. Şıklar kati görünüyor: Ya Güneş Dansının yası tutulacak (yani psikanalist Lear'ın deyişiyle yıkımı geride bırakmak için onu kabul edeceğiz) ya da tüm pratik ve kutsal işlevlerini kaybetse ve bu yüzden bir nostalji parodisine dönüşme tehlikesiyle karşı karşıya kalsa da kutsal gelenek devam ettirilecek. Neden vazgeçmemeli öyleyse? Eğer bu nicel bir soru olsaydı, ki değil, ne kadar kaybetmeyi veya ne kadarından vazgeçmeyi kaldırabileceğimizi sorabilirdik. Ya da daha basit bir ifadeyle: Vazgeçmek nasıl ve tam olarak hangi sebeple yeniden tanımlanabilir? Bir yanda pragmatizm var –cazip ya da en azından yaşanabilir bir gelecek uğruna yeniden tanımlamak– bir yanda yas tutmak, daha çok hayatın filizleneceği umuduyla keder içinde geçmişten feragat etmek. Pragmatizm mi, yas mı yoksa?

Ölü ya da Diri

Açıklanması gereken şeyin dikkatlice ve ayrıntılı bir şekilde bilinmesi, yeterli bir açıklama formüle etme girişimi için en iyi hazırlıktır.

Myles F. Burnyeat, "Aristo'nun İlahi Aklı"

I

Kendinizi canlı hissetmek uğruna nelerden vazgeçmek zorundasınız? Bu soruyu cevaplamak için canlılığın bizim için ne anlama gelebileceğine, canlı hissetmek için ne yapmamız gerektiğine ve bu kadar bariz ve sıradan görünen bir şeyi ne zaman hissettiğimizi nasıl anladığımıza dair bir fikrimiz olması gerekir (en soyut haliyle, bir kılavuz kabilinden, canlı hissetme kriterimizin ne olduğunu merak ediyor olabiliriz). Canlı hissetmenin bir mesele, yani değerlendirilmeye tabi tutulması gereken bir şey olmakla kalmayıp belli fedakârlıklar gerektirmesi, hatta fedakârca bir eylem olması ve canlı hissetmek için bir şeylerden feragat etmemiz gerektiği düşüncesi kulağa garip gelebilir. İnsanın kendini canlı hissetmek adına, kendini köreltip uyuşturmak için kullandığı mutat taktik ve tekniklerden, gündelik hayatı yaşanabilir kılıyor gibi görünen ölü veya diri anestezilerinden vazgeçmek zorunda kalabileceği hem yüzeysel olarak hem de o kadar yüzeysel olmayan bir şekilde doğru elbette. İnsanların içinde yaşadığımız dehşet ve keyif ikliminde kendini tamamen canlı hissetme konusunda alabildiğine ikircikli hissetmesi alışılmadık bir şey değil en azından. Bu soruyu cevaplamak için canlılığın anlamına dair bir fikriniz olması gerekir, tabii bir anlamı varsa. Kendinizi nasıl canlı hisseder, canlı hissedip hissetmediğinizi nereden bilirsiniz?

Rus biçimci ve edebiyat eleştirmeni Viktor Şklovski 1917 tarihli "Bir Teknik Olarak Sanat" başlıklı meşhur makalesinde şöyle diyordu:

> Hayatı alışkanlığa dönüştürmek, eserleri, elbiseleri, eşyaları, insanın eşini, savaş korkusunu yer bitirir... İşte sanat [alışkanlığı kırma pratikleriyle] insanın yaşama duyumunu yeniden kazanması için vardır... Sanatın tekniği nesneleri alışılmadık kılma, biçimleri zorlaştırma, algının zorluğunu ve süresini artırmadır, çünkü algı süreci başlı başına estetik bir amaçtır ve uzatılmalıdır.*

Alışkanlık kırma süreci ve pratiği mahiyetiyle sanatın artık bize fazla alışıldık gelmesi ironik bir şekilde Şklovski'nin öne sürdüğü fikrin ayrılmaz bir parçası. Walter Pater'ın "alışkanlık bir başarısızlık biçimidir" şeklindeki görüşüne ister katılalım ister katılmayalım, Şklovski yaşama duyumunu yeniden kazanmaktan bahsederek bize yaşama duyumunun kaybedilebileceğini hatırlatır ve şüphesiz, bu hatırlatmaya ihtiyacımız var. Şklovski, açıkça söylemese de yaşama duyumundan zaman zaman feragat etmek, hatta bu duyuma saldırmak isteyebileceğimizi de ima eder; psikanalitik dilde ifade edersek, yaşama du-

* Küçük değişiklilerle Nazan Aksoy ve Bülent Aksoy'un çevirisi kullanılmıştır. *Defter Dergisi*, 5. sayı, 1988. (ç.n.)

yumu konusunda ikircikliymişiz ve bunu gözden çıkarmayı hiç dert etmeyebilirmişiz gibi.

Dolayısıyla sanatın "zor" olmasının sebebi, onu kolayca kendimize mal etmemize direnmesidir. Sanatı önyargılarımızı pekiştirmek ya da varsayımlarımızla zanlarımızı kuvvetlendirmek için kullanamayız. Değeri ne olursa olsun, sanat kanıksadığımız şeylere, bildiğimizi sandığımız onca şeye vermediğimiz bir dikkati gerektirir. Bu bakımdan, peşin hükümlerimizi sarsıp sekteye uğratır, beklentilerimizi altüst eder ve bunu algılamanın zorluğunu ve süresini artırarak başarır; sanat bildik algı alışkanlıklarımıza direnip bunları sabote eder. Şklovski alışıldık kılma isteği ve dürtüsünün inatçı olduğunu ileri sürer, ikinci doğamızdır bu adeta. Burada ima edilen, alışkanlık edinip tanıdık kılma dürtüsünün ölüm dürtüsü olduğu, çağdaş gerçekliğin bazı insanlara geldiği gibi, yaşarken ölme dürtüsü olduğudur (bu makalenin Rus bir eleştirmen tarafından 1917'de kaleme alındığını unutmayalım).

Freud'un 1920'de *Haz İlkesinin Ötesinde*'de içimizdeki Yaşam İçgüdüsüyle durmak bilmez bir savaş veren bir Ölüm İçgüdüsü, bir "yıkım dürtüsü" olduğunu ileri sürdüğünde büyük bir şüpheyle karşılanması ve günümüzde de bu şüphenin devam etmesi gayet anlaşılır (ölüm "içgüdüsü" fikri başlı başına bir kavram karmaşası gibi görünebilir). Diğer yandan Şklovski'nin, Freud'un ve daha nicelerinin eserlerinde görüldüğü üzere o dönemlerde ve Avrupa'nın o bölgelerinde, modern hayatın ölümcüllüğüne dair kuvvetli bir hissiyat olduğu da açık. Alışkanlık kırma estetiğinin ve insan yıkıcılığı karşısında duyulan kaygının bizimle kalmış olması da tesadüf değil; yaşama duyumuzun bir parçası bu hatta. Eğer alışmak ve yıkıcılık ölüme benziyorsa ve eğer bu eğilimler bir sebepten mücadele ettiğimiz şeylerse, o zaman hayat nedir, yaşama duyumu nedir, yaşama içgüdüsü nedir? Bunlar ölüm kalım meselesidir ne de olsa.

II

Alışkanlık edinmemize bilim de yardım eder elbette. Tabiat kanunu denilen şeylerin tanımlarını sunarak, nedenselliği değişmez bir ilke gibi göstererek, tümdengelim ve tümevarım mantığının gelişmesiyle, artık alıştığımız doğrulama ve çürütme yöntemleriyle, alışkanlık alanımız -bildiğimizi ve sorgusuz doğru kabul edebileceğimizi iddia edebileceğimiz alan- son dört yüz yılda katlanarak arttı. Öyle ki ilerlemenin bir tanımı da aşinalık imparatorluğunun genişlemesi olabilir. Nispeten daha alışık olduğumuz alışkanlık biçimlerinden biri ya da daha çok kanıksadığımız alışma araçlarından biri diyelim, genelleme sanatı ve bilimidir; kategorizasyon denen soyutlamadır. Başta Borges ve Foucault olmak üzere pek çok kişi tarafından bolca parodileştirilse, alay edilse ve eleştirilse de genelleme, bağlantı kurma, bambaşka olgular arasında ortak noktalar bulma kapasitemiz en büyük huyumuz ve yeteneğimiz olageldi; aynılığı farklılığa, soyutlamayı Blake'in "ince ayrımlar" dediği şeye yeğledik hep. İleride göreceğimiz üzere, psikanalist Christopher Bollas'ın tabiriyle faşist ruh hali, aynılığın (benliğe ve ötekilere) militan ve paranoyak bir şekilde dayatılması, farklılığın verdiği ve bertaraf edilmesi gereken dehşettir. Bana kalırsa psikanaliz, genelleme isteğimizin hem semptomu hem de tedavisi mahiyetiyle faydalıdır.

Aslında psikanalizin artık en bilindik paradokslarından biri, bireyin tekilliğine ve bireysel tarihine en bağlı teorilerin ve klinik uygulamaların bile sadece genellemeler üzerinden konuşmasıdır. Psikanaliz ister bilinçdışından, ister gelişimden ister merkeze alınan ya da merkezden edilen benlikten, semptomlardan, tanı kategorilerinden, hatta psikanalitik teknikten bahsetsin; eksantrik, şahsına münhasır, genetik olarak da benzersiz birey, halihazırda az çok bilinen bir şeyin örneği gibi tanımlanır daima. Başka bir deyişle birey, birtakım kabul görmüş normlara, herhangi bir kültürü örgütlemek için mutlak surette yakalanması gereken ve bu kültürü oluşturan insanların adına hem bilinç düzeyinde hem de bilinçdışında işleyen normatif standartlara istinaden tanımlanır.

Psikanalitik yazılarda birey bir kategoridir; psikanalitik teori kategorileri ekarte etmez ve edemez, bunları daha kapsayıcı bir hale getirmeye çalışır yalnızca. Psikanalitik vaka tarihçelerinde veya klinik senaryolarda boy gösteren insanlar alegorik karakterlerden ziyade roman ya da öykü karakterlerine benzeyebilir, neyi temsil ettikleri göründüğü kadar net olmayabilse de, temsilen oradadırlar. Psikanalizdeki birey önceden var olan bir tanıma oturmuyorsa, yeni bir kategorinin bahanesi olur, mevcut psikanalitik gerçeklik stokuna eklenir (genellikle tek kişilik tanı kategorisi olmaz). İnsan doğası denilen şeyin kıstas alındığı ya da alınması gerektiği varsayılır. Bireyi birey yapan da, tanımlayageldiğimiz haliyle insan doğası dediğimiz şeyin mevcut normlarından ne şekillerde saptığı veya bu normları nasıl doğaçladığı yahut değiştirdiğidir; kuralı kanıtlayan istisna haline nasıl geldiği ve elbette bu kurallara kendi meşrebince nasıl riayet ettiğidir. Basitçe söylersek, değerlendirmeye alınan şey uyumlu ve uyumsuz benliktir. Psikanaliz, Barthes'ın tabiriyle, "bir tikel bilimi" olarak, iki anlamıyla da ayrım yaratan şeye yani hem birini veya bir şeyi ayrık, bir şekilde ayrışmış, olağandan farklılaşmış kılan şeye hem de bize alışılmadık, olağanın dışında gelene karşı şaşmaz bir şekilde teyakkuzdadır. Psikanaliz, belki de kaçınılmaz bir şekilde, dikkatimizi aynılık diliyle farklılığın dilinin birbirinden çok başka cazibelerine, ikisinin de farklı bir güven ve ilham verip farklı bir ayırıcılığı olmasına çarpıcı bir şekilde dikkat çeker.

Dolayısıyla, basite indirgersek, karakter istiyorsak kurmacaya, şiire, piyeslere başvururuz; açıklamalar ve genellemeler istiyorsak da psikanalize. Bu açıdan yani genellemeye ve genellemenin mümkün kıldığı varsayılan öngörülere bunca bağlı olmasıyla psikanaliz tıptan ve diğer pek çok çağdaş bilimden farklı değildir. Tanım itibarıyla, tek bir münferit vakadan fazlasının dahil olacağı tanımlamalar gerekmektedir. Psikanalizin ilgilendiği birey, genel hatlarıyla diğer herkesle aynı bireydir. Psikanalistler aynı dili konuşuyor gibi görünen insanlar hakkında yazarlar; Freud'un semptomlarının dilidir bu, Lacan'ın dil şeklinde yapılanmış bilinçdışı dediği şeydir. Ve bu açıdan psikanaliz, klinik pratiğinde her zaman olmasa da, geliştirdiği teorilerde aşina olduğumuz gündelik hayatı yansıtır; Lacan'ın başka insanların "mutlak ötekiliği" dediği şeyi ne kadar kolay ve ne kadar sık anladığımızın, başka insanların da nasıl sık sık, az çok kendimize benzer geldiğinin farkına sürekli varırız.

Neticede, belli bir kültürün mensupları olarak, yetiştirilme biçimimiz ve eğitimimiz dolayısıyla bir dil paylaşıyoruz; öte yandan, Lacan'ın James Joyce üzerine yazarken öne sürdüğü gibi, kullandığımız dili bir ölçüde icat edebiliyor, dile kendi özgün deyimlerimizi, kendimize has ritim ve kelime haznemizi katabiliyoruz. Herkes aynı dili kullanıyor, ama küçük farklarla; miras aldığımız dil sistemi dahilinde doğaçlama yapabiliyoruz. Dil kimi zaman şaşırtıcı ölçüde esnek bir düzen. Belli ki Joyce, Lacan'ın nazarında, kelimelerle nasıl yeni şeyler yapabileceğimizin hem örneği hem de temsilcisi ve bu da canlılıkla ilgili. "İnsan etkin bir şekilde konuştuğu dili konuşmayı tercih eder" der Lacan. "Her an bir anlam vererek dili yaratır insan, ufak dokunuşlar yapar, bunlar olmadan dil canlı olamaz." Ufak dokunuşlar minimal bir şeymiş gibi görünüyor; bir dili seçmek ve yaratmak ise epey büyüklenmeci hırslar. Lacan'ın canlılık fikrine müracaatı da dikkate şayan.

Sağduyunun bize hatırlatmaktan geri durmayacağı üzere, hepimiz James Joyce değiliz. Ama sağduyu bize canlı olan ya da canlı görünen dilin nispeten nadir olabildiğini ya da yer yer öyle görünebildiğini de hatırlatır; dildeki canlılık yetersiz gelebilir ve bu yüzden içimizde neyin dili köreltmek isteyebileceğini merak edebiliriz; ya da tersinden söylersek, dilin canlılığından korkmanın neyin korkusu olduğunu sorabiliriz. Öte yandan dokunmak da kendi başına büyük ya da dramatik bir jest değil; bu jestin pek çok insanın elinden gelebileceği pekâlâ düşünülebilir. Bu sebepten, psikanalitik bakış açısıyla, dokunuşa karşı, dile ufak dokunuşlar yapmaya karşı bir savunma olduğu kanaatine varabiliriz. Dilin canlılığına karşı bir savunma söz konusu. Diyebiliriz ki, edebiyat çalışmaları dilin canlılığı ve ölümlülüğü yahut da ölümcüllüğü arasındaki çatışmayı ele alır her zaman.

Ama Lacan'a göre bu ufak dokunuşlar yani her birimizin bir ölçüde ustası olduğu bu kendine has eğip bükmeler olmadan dil canlı olamaz. Burada dili kullananların değil, dilin kendi canlılığından bahsettiğine dikkat çekelim. İlk başta göründüğünden daha tuhaf bir şey bu; ne de olsa dil ne ölüdür ne canlı; bir canlılığı varsa bu bizden, bizim canlılığımızdan gelir. Bu canlılık, Lacan'ın gözünde, ne kadar sınırlı ve sınırlanmış olursa olsun, kişinin konuştuğu dili seçmesiyle, ufak dokunuşlarla bir dil yaratmasıyla alakalı bir ölçüde. Bu tanıma göre canlılığımız -ve muhtemelen ölülüğümüz- dilimizde. İkisini de bulabileceğimiz, üzerine düşünüp konuşabileceğimiz yer burası.

Dilde ne tür bir canlılıktan ve ne türden bir ölülükten keyif aldığımız da düşünmeye değer. Başka yerlerin yanı sıra, dilde de bulabileceğimiz bir şey bu. Ve bu canlılık her nasılsa güvencesizdir, kırılgandır; Lacan'ın burada bir psikanalist olarak her zaman kaçındığı bir dili, varoluşçuluğun dilini, bir dil seçme fikrini kullanması da cabası. Sanki dilde canlılıktan bahsetmek -ki "dolu konuşma" dediği şeyi öne sürerken tam olarak bundan bahsettiğini düşünebiliriz- onu bir parça sarsmış gibi. Öyleyse bir sahip olduğumuz dil var, bir de bize sahip olan dil. İnsan, der Lacan, her zamanki melodramatik ve gösterişli üslubuyla, dilin esir alıp işkence ettiği hayvandır. Ve şimdi, Lacan'ın son dönemlerinde, bir de seçip yaratabileceğimiz dil vardır. Lacan bu noktada, eğer ki büyüleyici olmaya bu kadar azmetmeseydi, bunun iki türlü de işleyebileceğini söyleyebilirdi: Hem biz dili kullanabiliriz hem de dil bizi kullanabilir ve çelişki sorun değil, esastır bu bağlamda. Ama, dediğim gibi, Lacan dilde canlılıktan bahsetmeye başladığında, şeyler kendilerini açmaya başlıyor ve canlılık bir sanat tabiri oluyor Lacan için.

Lacan'a göre bunu Joyce'un eşsiz, istisnai yeteneği sayesinde görebiliyoruz. Öyleyse ben de bu yazıda canlılığımızın -ki burada Lacan için bireysellikle, tekillikle ve dille ilgili bir şeyle bağlantılı- tam olarak bilincinde olmanın tuhaf bir şekilde güç olabileceğini önermek istiyorum. Eğer ki canlılık bizim için bir meseleyse, ölüm de canlılığın diğer daha az karşıt tüm alternatifleri de bizi meşgul ediyor olmalı. Canlılığın ve alternatiflerinin ne olduğu daimi meşgalelerimiz olmalı belki de; Borges'in tabiriyle, "temel kafa karışıklıklarımız" arasında yerini almalı.

III

Henry James, *Güvercinin Kanatları* romanını harekete geçiren fikri kitabın New York baskısının önsözünde "özüne indirgenmiş" haliyle şöyle tarif ediyordu:

> Hayat karşısında büyük bir kapasitesinin olduğunun bilincinde, ama erken yaşta başına bir musibet gelmiş, kısa bir ömür biçilen, ölüme mahkûm ama dünyaya tutkun bir genç var; mahkûmiyetinin farkında ve yok olmadan önce tutkuyla ve mümkün olduğunca fazla, iyi titreşimi "içeri alma", ne kadar kısa ve kırık da olsa, yaşamışlığı tatmış olma derdinde.

James kader mahkûmu kahramanının "giderek azalan zamanında, hayatın meyvesinden mümkün olduğunca tatma" isteğinden, "elinden geldiğince yaşamaya karşı tutkuyla karışık özleminden" bahseder. Eğer ki proje ne kadar kısa ve kırık da olsa yaşamışlık hissini tatmaksa, demektir ki bu zor elde edilebilir ve hatta belki gelip geçici bir his olabilir (ve eğer yaşamışlık hissiniz kısa süreli ve geçiciyse, bu hisse ne kadar güvenebilirsiniz?). James'in baş kahramanı Milly Theale de, tıpkı biz okurlar gibi, yaşamışlık hissinin ne olduğu ya da ne olabileceğiyle ilgili o çarpıcı soruyla karşı karşıya kalır. Dolu dolu yaşamak ne demektir ve Milly Theale örneğinde, ama sadece onunkinde değil, yaklaşan ölümün ışığında ve karanlığında dolu dolu yaşamak ne anlama gelir? Yaşayıp yaşamadığımızı nasıl bileceğiz, bunun için ölçütümüz nedir? Bize bu esrarengiz yaşamışlık hissini ya da elimizden geldiğince dolu dolu yaşadığımız bilgisini vermesi için ne yapmamız, ne yapmış olmamız, başımıza ne gelmiş olması gerekir? James'in de tahmin edeceği üzere Âdem'le Havva'nın bahçede yediği meyveyi akla getirecek şekilde, olabildiğince çoğunu yemek istediğimiz bu hayat meyvesi nedir? (Meyve Âdem'le Havva'ya daha çok değil, daha az hayat vermişti tabii.)

Yaşamışlık hissinin, hayatın ta kendisinin, tuhaf bir şekilde yakalaması zor, ele gelmez olduğu iması var burada. İlerleyen kısımlarda romanın bir diğer kahramanı Morton Densher da hayatın anlatıya musallat olmuş ve anlatıyı taşırmış gibi görünen bu tuhaf ele gelmezliği üzerine kafa yorar: "Hayat, diye fikir yürüttü mantık çerçevesinde, bir şekilde kendine ekleyip ele geçirmeyi becermesi gereken şeydi." Burada ima edilen, hayatın ondan uzaklaşabileceği, bir şekilde bizden kaçabileceğidir; her ne kadar her bakımdan canlı olsak da, hayat sanki sömürgeleştirmemiz, hak iddia etmemiz ya da kendimize mal etmemiz gereken bir şeymişçesine onu kendimize ekleyip ele geçirmeyi becermek zorundayız. Hayat halihazırda içinde yaşadığımız yer değil de işgal edilmesi, hükmümüz altına alınması gereken yabancı bir ülkeymiş gibi. Hayat başka bir yerdeymiş, oraya gitmemiz ya da orayı bulmamız veya aramamız gerekirmiş gibi. Ama *Güvercinin Kanatları*'nda -ki anahtar kelimeleri diyebileceğimiz "her şey" ve "hiçbir şey" kitabın tamamında durmadan geçiyor- hayat arzunun belirsiz nesnesi gibi sunuluyor. Yaşamışlık hissi ve yaşıyor olma hissi -ki ikisi de aşikâr gibi görünebilir- bu kitapta James'in şüpheciliğinin nesneleri. Yaşamış olmanın ne demek olduğunu bilmiyorsak neyi biliyoruz ki?

Aynı zamanda daha az hayat istediğimizi, ölü halimizi de arzuladığımızı söylemek tuhaf kaçabilir (gerçi, göreceğimiz üzere, Freud söyledi). Aynı zamanda yaşamak veya yaşamış olmak istemiyoruz da. Lacan Joyce'u (ve dili) över, James de Milly Theale'ı takdim ederken canlılığı ve yaşamışlık hissini hem soru hem de, daha iyimser bir bakışla, arzunun asıl nesnesi değilse de bir arzu nesnesi mahiyetiyle destekler. Ama soru kısmı bizim için kafa karıştırıcı elbette: Bizi dile ufak dokunuşlar yapmaktan alıkoyan nedir? Kanımca yeteneksizlikle cevaplanamayacak bir soru bu. Bizi yaşamış hissetmekten ya da yaşıyor hissetmekten ne alıkoyabilir? Bunun ne olduğunu nasıl bilebiliriz? Buna dair fikirlerimizi nereden aldık?

İşin aslı, dile dokunuşla yani dilimizi seçip yaratmakla yaşamışlık hissi arasındaki ortak nokta, bireyin temel ihtiyaçlarından biri addedilen bir hissi, kısmen ve bu her ne demek olabilirse, dilimi ve hayatımı kendimin kılma ihtiyacını tatmin etme mecburiyetidir. Ama aynı zamanda bir talebi karşılamak gibidir de bu; sanki otoriter bir figür (Lacan'ın tabiriyle Büyük Öteki) "Dilini olabildiğince kendinin kılmalısın, yaşamış olduğunu mümkün mertebe hissetmelisin" demiş gibi. Dahası, bir an durup düşünsek, kendimize yönelik bu taleplerin ilham verici olmadıkları takdirde başka pek çok şey olabileceğini görürüz; kafa karıştırıcı, despot yahut da absürt olabilirler örneğin. Psikanalizin bilhassa yardımcı olabileceği bir şey de, kişisel ve kültürel ideallerimiz için, bunları konuşabilmemiz için bir dil sunmaktır, bu ideallerin kökenlerine ve tarihlerine bakmak ve onlara neden böyle kıymet verdiğimizi anlamak için.

Muhtemelen çoğumuz dili kendi bildiğimiz gibi, kendi meşrebimizce kullanabilmek, sanki bir rejimmiş gibi yalnızca kurallarına uymakla yetinmek istemiyoruz ve çoğumuz, çoğu zaman, yaşamak ve yaşamış olmak istiyoruz. Yine de pek tabii bu idealler, hevesler, özlemler kendi zaman ve zeminlerinin neticesi; ancak dil kullanan hayvanların meşgul olabileceği şeyler. Diğer hayvanlarla bitkilerin öylece yaşayıp gittiğini ve kendilerine ben ne yapıyorum sorusunu hiç sormadığını farz ediyoruz. Bir insanın yaşayıp yaşamadığı sorusunun ne zaman ve kim için bir meşgale olmaya, kullandığımız ve tarafından kullanıldığımız bir şey olarak dilin ne zaman ve nasıl ilgi çekmeye başladığını sorabiliriz bu noktada (değindiğim gibi, uzun bir süre dilin kurbanları olduğumuzu, dilin bizi kurbanlaştırdığını iddia eden Lacan'ın burada, geç dönem çalışmalarında, diğer taraftan konuşması da ilgi çekici). Hem Lacan'ın hem de James'in çok farklı kültürel ve kişisel geçmişlerden gelip birbirinden çok farklı şekillerde bireycilik (ya da daha yumuşak bir ifadeyle, kendine özgülük veya eksantriklik) diye tabir etmeyi öğrendiğimiz şeyden taraf olmaları tarihsel açıdan tesadüf değil.

"Bireycilik" teriminin, bir birey sayılmadan ya da birey sayılmaya ihtiyaç duymadan bir toplumun üyesi olmanın mümkün olduğu şeklindeki daha eski bir anlayışa tepki olarak türetildiği aşikâr. Modern bir buluş mahiyetiyle psikanaliz, bireycilikle ilgili fikirlerle meşgul olmaktan kaçamaz; bireyin ne olduğunu tarife nereden başlayacağınız, bireyciliğin cazibesinin nereden geliyor olabileceği ve bireyin içinde yaşadığı kültürün normatif taleplerinde boşluk bulma özgürlüğü (bireye yönelik normatif taleplerden biri yeterince normal, yani tanınabilir, teşhis edilebilir ve tanıma gelebilir olmasıdır) üzerine fikir alışverişinde bulunmadan edemez. Psikanaliz, hiç şüphesiz, modern bireyin içinde yaşadığı kültüre ne şekilde uyum sağladığı, ne şekilde uyum sağlamadığı ve uyumsuz kaldığıyla ilgilidir (yeni psikanalitik hastanın, her türlü nedenle, kültürünün kurbanı olduğu söylenebilir). Psikanalizde bireyin özgünlüğü, bireyselliği baştan kabul edilir (her bir insanın görünüşü, karakteri ve tarihi, bizim için belirgin bir şekilde farklı ve kendine özgüdür) ama psikanalitik açıdan, bu özgünlükte onları özgün kılan hiçbir şey yoktur; her bir insanın özgünlüğünün önkoşulu geneldir: Özgünlük, tekdüzeliğin ve uyumluluğun neticesidir. İnsanları birbirinden ayıran şey, görünürde kabul edilen bir ortak durumun, varlığı kabul edilmiş bir ortak yapının sonucunda ortaya çıkar (zaman zaman bu ortak durum ve yapıya insan doğası dense de bu doğa inanılmaz bir çeşitlilik gösteriyor gibi görünmektedir). Başka bir şekilde ifade edecek olursak, bir insanın belli bir kültürde ne olduğu ve ne olabileceğine dair kurallar ve ölçütler olduğunu sorgulamadan kabul ediyoruz artık (bir insanın imkân dahilinde olabileceklerinin parametreleri büyük ölçüde belirlenmiştir).

Her insanın onu diğerlerinden farklı kılan özelliklerinin ayırdında olabiliriz ama bireylerin teoride kaybolması işten değildir. Bu yazı, kimi psikanalistlerin kaçınılmaz bir şekilde soyut ve genelleyici psikanaliz dilinde insanlara dair reçete edilmemiş ve reçete edilemez bir şeyi tutma çabasına dair. Bu örneklerin bazıları canlılık ve ölülük mefhumlarının nasıl bir rol oynayabildiğini ele alıyor. Canlılığın ne olabileceğini, canlılığı nasıl tanıyabileceğimizi, neyin canlılık sayıldığını tanımlamak modern bir meşgale haline gelmiş gibi. Freud, meşhur sözleriyle, bireyin kendi meşrebinde ölmek istediğini söylediğinde, belki de ironik bir şekilde, sahiplenici bireysellikten bahsetmektedir.

IV

Donald Winnicott "Bir Nesnenin Kullanımı" makalesi üzerine yaptığı bir yorumda, "hayati bir önemi olan bu erken safhada bireyin 'yıkıcı canlılığının' canlı olma belirtisinden ibaret olduğunu ve bireyin gerçeklik ilkesiyle karşılaşmasından doğan hüsranlara yönelik öfkesiyle hiçbir alakası olmadığını" yazar. Winnicott'un üzerine yorum yaptığı teorisi elbette ilgi çekici. Ama bu yazıdaki amaçlarım doğrultusunda, Winnicott'un "hayati önem" "yıkıcı canlılık" ve "canlı olma belirtileri" ifadeleriyle nereye varmak istediğine dikkat çekmek istiyorum. Bir şeyleri ve birilerini yıkmak, yok etmek istemenin canlılık alameti olabileceğini ve bu yıkıcı canlılığın canlı olmanın belirtisi olduğunu, canlı olmanın kendine has belirtileri olduğunu ileri sürüyor. Yani çocuğun, sonrasında da yetişkinin canlı olduğunu nasıl anlarız? Winnicott'a göre, yıkıcı bir canlılıkları varsa canlıdırlar. Canlılık burada da kanıt istemeyen, apaçık ortada bir şey değil; Winnicott'un canlı olma belirtileri dediği anlaşılabilir işaretleri tanımlayarak yola devam ediyoruz. Winnicott burada ampirik bilim yaptığını düşünüyor, halihazırda var olan bir şeyi yeni bir şekilde tanımlıyor sadece. Canlılığın bu olmasını istiyorum, şunlar benim için hayat belirtisi çünkü benim istediğim böyle bir canlılık, üstünde canlı olmak istediğim dünya şu tür bir dünya, demiyor, demez de. O, algının istek tarafından çarpıtıldığını Freud kadar kati bir şekilde farz etmez.

Bir bilim insanı psikanalitik bir özne sıfatıyla nasıl bilim yapar? İdeal şartlar altında, psikanaliz temelli duyarlılığına rağmen ve bu duyarlılık sayesinde. Ama benim Winnicott ve diğerleri aracılığıyla sormak istediğim soru şu: İnsan niçin canlılıkla ya da aslında yaşamış olup olmamakla ilgilenir? Canlılığa duyulan ilgi neye duyulan ilgidir? Bu kelime devreye nasıl girdi? Canlı olup olmadığımızı bilme ihtiyacı nereden hasıl oldu? Eğer böyle bir bilgiyi edinebilsek, sonuçları neler olabilir? Pragmatik soruyu sormak gerekirse, canlılık ve canlı olma, yaşamış olma bilgisi, istediğimiz hayatı bize hangi açıdan, nasıl verir? Bütün bunlardan çıkarılacak şey, elbette ki, ne kadar ölü olduğumuzun ve ölü olmayı ne kadar istediğimizin bilincinde olmayabileceğimiz, bundan hiçbir şekilde haberdar olmayabileceğimizdir. Freud uyarıcılara karşı korunmanın birey için uyarıcılara açık olmaktan daha önemli olduğunu söylerken bizi tam da bunu düşünmeye davet ediyordu aslında.

Okuldayken bize, eleştirmen F.R. Leavis'ın ısrarla iddia ettiği gibi, D.H. Lawrence'ın hayattan taraf olduğunu öğrettiklerinde, ergen halimle bunun ne demek olduğunu anlamıştım. Şimdi Leavis'ın formülünü beraberinde getirdiği tüm sorularla birlikte ilham verici buluyorum. Başta bariz ama acil bir önem taşıyan şu soru olmak üzere: Eğer hayattan taraf değilsek, neden tarafızdır? Winnicott'un bütün yazıları canlılık fikri etrafında -hayattan taraf olduğu farz edilenler etrafında- örgütlenir. Hem bu kelimeyi ne yapmak üzere işe koştuğunu hem de bunsuz da gayet güzel idare eden psikanalize bilhassa bu kelimeyi ithal etmek ihtiyacını neden duyduğunu anlamamız gerek. Söylemeye bile gerek yok, hayata karşı canlılık, tabiri caizse, mevcut psikanaliz sözlüklerinde yer bulmuyor; bütün sıradanlığıyla, ne psikanalizde bir terim ne de mesleki jargonun bir parçası haline geldi. Canlılık fikri psikanalize ve hasbelkader psikanalizle ilgiliysek hayatlarımıza ne katıyor öyleyse?

Örneğin Winnicott, *The Maturational Processes and the Facilitating Environment*'da [Olgunlaşma Süreçleri ve Kolaylaştırıcı Çevre] "Bir Gerçek Kimlik fikri formüle etmenin Sahte Kimlik'i anlamaya çalışmak dışında pek bir anlamı yok, çünkü Gerçek Kimlik canlılık deneyimlerinin detaylarını bir araya getirmekten başka bir şey yapmaz" derken Gerçek Kimlik'e dair kendi tanımının, yani spontanlığın, arzunun ve tekilliğin itaatsiz benliğinin, kendini adapte olmaya, itaat etmeye değil de oyuna adayan benliğin, canlılık deneyiminin detaylarını derlemekten ibaret olduğunu söylemektedir. Bu canlılık deneyiminin detayları, Sahte Benlik'in olmadığı her şeydir. Canlılık deneyimi (özellikle de itaatsizlik deneyimi) Winnicott'un elzem bulduğu bir şeydir. Bu olmazsa yalnızca bir beyhudelik hissi hüküm sürer, der, hayatın yaşamaya değmezmiş gibi gelir.

Canlılık deneyiminin detayları, insanın içindeki olasılık ve haz hissini besleyen, kendiliğinden, hesaplanmamış, prova edilmemiş deneyimlerin birikimi gibi bir şey. Bu detaylar, Winnicott'a göre, biriktirmemiz gereken şeyler belli ki. Bu yüzden çalışmalarının büyük bir kısmını Gerçek Benlik'in tecrit edilmesinin, aşırı korunmasının ve hatta sabote edilmesinin önkoşullarını anlayıp tanımlamaya vakfeder. Canlılık, daha canlı olan benlik, bu hikâyede haklı olarak korumacı davrandığımız ve belki de boş yere korkmamamız gereken bir şey. Buradan canlılığımızın çok savunmasız ve güvencesiz olduğu varsayılıyor. Ve eğer canlılığımız sağlam değilse, yani kanıksayabileceğimiz bir şey değilse nedir, ya da nasıl bir şeydir? Canlılık deneyimimizin detaylarının biriktirilmesi gerekiyorsa –toplanması, depolanması ve bakım yapılması gerektiği ima ediliyorsa– sebebi bunları unutma, gözden çıkarma ya da ciddiye almama ihtimalimiz olmalı.

Canlılığımızı –canlı oluşumuzu– unutabileceğimiz fikri tuhaf geliyor ama Winnicott'un bizi düşünmeye davet ettiği şey bu. Canlılık deneyimlerinin süregiden hayatlarımız açısından hayati bir önemi olduğunu kabul etmemiş, benimsememiş yahut idrak edememiş durumdayız. Bize kendimizi gerçekten neyin ya da kimin canlı hissettirdiğini, farkında olmadan canlı hissetmemeye heves edebileceğimizi, bu yüzden bunu unutabildiğimizi aklımızdan çıkarmamamız gerektiği şeklinde basit bir anlamı da olabilir bunların. Bütün meselenin canlılık olduğunu, canlılığın hayatlarımızın olmazsa olmazı olduğunu sorgusuz sualsiz kabul etmek zorunda değilsek de, bu konuyu bir düşünebilir, düşünmemenin bizi nereye götürdüğünü de düşünebiliriz. Kişisel ve siyasi hayatlarımızda bilincinde olmaya katlanamayacağımız kadar çok şey olup bittiğini hissederken, canlılık kültürel ve tarihsel açıdan bir mesele olabilir. Şayet müthiş aşinalaştırıcılar ve genelleştiriciler haline geldiysek, kendimizi buna dönüştürdüysek, zihinlerimizi bilfiil, azimle daraltmışız demektir.

V

Freud kesinliğin paradoksları konusunda, kesinliğin çoğunlukla hakikat ve özgürleşme adına zihni nasıl daralttığı konusunda dikkatliydi. Psikanalitik bir bakış açısıyla birey, daima, öyle ya da böyle, karşılıklı ilişkilere ve bunların beraberinde getirdiği bağımlılığa ilişkin kaygılardan muzdariptir. Mesele Winnicott'un vaktiyle ifade ettiği gibi, kendimizi dünyadan yalıtmadan ayırmaktır. Yalıtım, dokunulmazlık ve saflık, tehdit altındaki benliğin meşgaleleridir. "Kesintiye uğramadan monolog gibi ilerleyen bir sorgulama" der Freud 1927 tarihli, din konulu metni *Bir Yanılsamanın Geleceği*'nde, "tehlikeden tamamen azade değildir. İnsan araya girmek isteyen düşünceleri bir kenara itme ayartısına çok kolay kapılabilir ve karşılığında, nihayetinde aşırı bir kararlılıkla bastırmaya çalıştığı bir belirsizlik hissiyle baş başa kalır".

Buradaki aşırı kararlılık (taklit edilen inanç hissi) bir çeşit alıştırmadır; aşırı kararlıyken kendime ve başkalarına şöyle diyorumdur: "Ben ne düşündüğümü ve ne yaptığımı biliyorum". Psikanalist bunu bilinçdışını inkâr etmek için her şeyi bilen bir zihin durumundaki alimi mutlak biri şeklinde baştan tanımlayabilir. Kesintisiz bir monolog başkalarının olmadığı bir dünyadır ve kesinti, Şklovski'nin diliyle konuşursak, alışkanlığın tek tedavisidir. Freud'un burada kesintisiz monolog şeklinde tarif ettiği şey, kişinin kendi zihninin ve başkalarının zihinlerinin karmaşıklığını kaygı yüklü ve kararlı bir şekilde reddidir. Çünkü bu noktada bariz soru şudur: Bu kesintisiz monolog neye hizmet ediyor? İnsan kendinde neyi tedavi ediyor? Bu yazı çerçevesinde, kesintisiz monolog alışkanlık kırmayı tedavi eder, canlılığı tedavi eder. Hayatta kalma uğruna dışlayıcıdır ve özü itibarıyla kendini aç bırakmaktır.

Freud'un "The Fascist State of Mind" [Faşist Ruh Hali] makalesinden şu pasajı alıntılayarak yorumlar:

> Kesintiye uğramadan monolog gibi ilerleyen bir sorgulama tehlikeden tamamen azade değildir. İnsan aklına gelen düşünceleri bir kenara itme ayartısına çok kolay kapılabilir ve karşılığında kişi nihayetinde aşırı bir kararlılıkla bastırmaya çalıştığı belirsizlik hissiyle baş başa kalır.

Christopher Bollas, dışarıda bıraktığı şeyin insana ilelebet musallat olduğunu vurgular. Ama bu (ihlal kaygısının) nüfuz edilemezlik tablosu Bollas'ın "basitleştirici bir şiddet" dediği şey aslında; hatta yazarın dediği gibi, "kişinin hayatta kalmak için benliğinin daha insani taraflarını yok etmesinin ardından kendini toparlama" çabası bile olabilir. Kişinin canlılığı, canlı oluşu, çatışmanın canlandırıcı etkisine bağlı olabilir. Faşist ruh halinde birey çatışmayı ortadan kaldırma arzusuyla kendi canlılığını öldürür. Bollas'a göre, "zihni her türlü muhalefetten arındırmak" faşist ruh hali dinamiğinin ayrılmaz bir parçasıdır. "Zihinsel soykırım" şeklinde tarif ettiği şeyin özelliklerinden biri de, "bireyin içinde kendi kimliğini kaybettiği bir kütleye transfer edildiği an" diye atıfta bulunduğu "kümeleme yoluyla kategorizasyondur". Ben buna basitçe genelleştirme diyorum. Sıradan bir "Tabii ya, o Freudcu zaten" tepkisi olabilir bu. Riskli ama müsamaha edilebilir bir, "O kadın basbayağı hasta" ya da "Adam psikopat belli ki" olabilir. Ya da daha aşırı bir aynı kefeye koyma eylemi olabilir: "O zaten Yahudi."

Bu örneklerde farklılığın, tekilliğin azaldığını, eğer ki insan olmayı belli bir noktadan sonra genellenemez, kategorize edilemez bir şey olarak ele alırsak, bireylerin insanlıktan çıkarıldığını görüyoruz; Bollas'ın yerinde bir şekilde "aynı kefeye koymak" dediği edim, insanları hem cansızlaştırıyor hem de belli ki alışıldık kılıyor. Bu kategorizasyonda bireyin ve canlılığın kendine has, tanım itibarıyla genelleştirilemez ve kategorize edilemez ayrıntıları kayboluyor. Lacan'ın dile dili canlandırma amaçlı ufak dokunuşlarda bulunma fikrinde görüldüğü gibi, canlılık ve kendine özgülük kol kola gidiyor. Canlılıkla ölülük arasındaki farkı nasıl ayırt edeceğimiz sorusu, ikili yapısı bizi şüphelendirse de, bir kez daha mesele haline geliyor; işin temelinde, repertuarın bu olduğunu kabul etmişiz gibi.

Bollas'ın deyişiyle, "zihnin olağan işleyen kısımlarında"

> içgüdülerin, anıların, ihtiyaçların, kaygıların ve nesne tepkilerinin zihinsel işleme için ruhta kendine temsilciler bulduğu parlamenter bir düzen varmış gibi düşünülebilir. Çok yoğun bir dürtünün (hırs gibi) ya da kuvvetin (kıskançlık gibi) veya kaygının (sakatlanma korkusu gibi) baskısı altında, içsel dünya parlamenter işlevini yitirip daha az temsili bir düzene evrilebilir.

Bu resme göre, acil bir durumda (hırs, kıskançlık, kaygı ve tabii arzu baskın olduğunda) benliğin hantal, otokratik ve aşırı basitleştirilmiş hali kontrolü ele alır; bu takdirde, paradoksal bir şekilde, hayatta kalmak için kendimizi köreltip ölgünleştiririz; başka bir deyişle hayatta kalmak, canlılığa tercih edilir. Dolayısıyla canlılık, daha geleneksel, daha az Darwinci bir kelime dağarcığı kullanacak olursak, serpilmek, hayatı elimizden geldiğince dolu dolu yaşamaktır. Ama amaç hayatta kalmak olduğunda, bunu sadece kendimizi ölgünleştirerek yapabiliriz; ölgünlük hayatı yaşanabilir kılar. Bollas'ın terimleriyle, çatışmanın, uzlaşmanın ve karşı iddialarla anlaşmanın mümkün olduğu parlamenter demokrasi bir canlılık resmidir, faşizm ise ümitsiz ve cinai bir ölgünleşme.

Şu halde kendimizi ölgünleştirmememizin ya da kendimizi ölgünleştirmeye ihtiyaç duymamamızın önkoşulları neler olabilir? Kulağa absürt gelse de, önkoşullardan birinin içimizdeki canlılıkla ölülük arasındaki farkı bilmek olduğu açık; canlılığı bir kıymet, bir arzu nesnesi olarak istemek ve arzulamak için geçerli sebeplere de sahip olmamız lazım.

Yaşama duyumundan, yaşamış olma hissinden ya da canlılık deneyiminin detaylarını biriktirmekten bahsettiğimizde, şaşırtıcı bir ölçüde ele gelmez bir şeyi, aksi yöndeki delillere rağmen çoğumuzun, en azından bilinç düzeyinde, yüceltmek ve teşvik etmek isteyeceği bir şeyi açıklamaya çalışıyoruz. Bir yanda hayatın ve canlılığın nerede olduğuna dair kendinden emin bir iddia (alışkanlıkları kırmakta, dilde, bireysel dilde, kendiliğindenlikte, sürprizde ve yaşam içgüdülerinde olduğu iddiası) öte yanda, bunun tam karşısında, bütün bunların niçin aklımıza geldiği, dile getirilmesi gerektiği sorusu. Hayvanlara göre, hayat hayatı yaşamak, gerekli süre boyunca hayatta kalmaktır. Bizim içinse hayat, hayat hakkındaki kelimelerle idame ettirilir yahut ettirilmez; yaşayabileceğimiz, aslında yaşamadığımızı fark edebileceğimiz veya sonunda yaşamamış olduğumuzu anlayabileceğimiz bir şeydir. Korktuğumuz şey her zaman ölüm olmayabilir sanki; yaşarken ölme halini yaşamaktan ya da yaşamış olmaktan korkuyor da olabiliriz. İnsan bir hayatı yaşayabilir ama sonradan bunun bir hayat olmadığını anlayabilirmiş gibi.

Demek ki, James'in romanındaki Milly Theale gibi, ölüm kapıya dayandığında geriye bakıp aslında yaşamadığınız hissine kapılabilirsiniz; ama ya gençseniz ve görünüşe göre hemen ölmüyor, yaşamak ve yaşamış olmak istiyorsanız ne yapabilirsiniz? Sahiden yaşadığınızı garantilemek için yapılacak şey nedir, eğer böyle bir şey varsa? Kati bilgi ve tavsiyelerden mahrumken, yaşamanın ve yaşamış olmanın ne demek olduğuna dair bir uzlaşıdan (veya ortak ölçütten) mahrumken, elimizden gelebilecek tek şey, böyle şeylere merakımız varsa, bu soruları sormak ve bir şey yapmak isteyip istemediğimizi, istiyorsak ne yapmak istediğimizi anlamaktır yalnızca.

İstememek Üzerine

Freud diğer tüm seçenekleri dışarıda bırakan mutlak formüllere düşkün bir adam; bu, benim fikrimce, abartılı genellemelere yol açan ruhsal bir ihtiyaç. *D'épater le bourgeois* arzusu da söz konusu olabilir.

Josef Brieur, Auguste Forel'e bir mektubundan, 1907

I

İnsanlar eksik* bulunabilir ama isteksiz bulunma eğiliminde değillerdir. Eksik bulunmak demek bir şeyden yoksun olmak demektir ve artık gelenekselleşen bir hikâyeye göre, her neden yoksun olduğumuz farz ediliyorsa onu istediğimiz

* Orijinal metinde geçen *wanting* kelimesi "eksik" anlamına gelmekle birlikte, istemek anlamına gelen *want* fiilinden türediği için "istekli" anlamına da gelir. (y.h.n.)

farz edilir. Hüsranımız arzumuzun anahtarıdır; bir şeyi ya da birini istemek onun yokluğunu hissetmektir; dolayısıyla bir eksiği fark ve kabul etmek her türlü hazzın ve tatminin önkoşulu gibi görünür. Bu hesaba göre, hüsran, eksiklik hissi, her türlü tatmin için şarttır hatta.

"Eksik her zaman, olması gereken yerde olmayan bir şeyi içerir" der Lacan. Ve eğer ki olması gereken bir yeri varsa, eksik olan her ne ise, bir bakıma, varlığı doğal kabul edilen bir şeydir; her zamanki, yani bildik, güvenilir bir yeri olan bir şey; bir annenin çocuğun hayatındaki ya da bir öğünün sıradan bir gündeki yeri gibi. Eksiklik hissi, kendinde hak görme hissine tepkirmiş gibi; sanki ancak haklı ve meşru bir şekilde benim saydığım şeyin eksikliğini hissedebilirmişim gibi; kendi kendimin bilmesine izin veremesem ya da bilmesini istemesem de, aslında bir bakıma her zaman ne istediğimi zaten biliyormuşum gibi. Bu anlamda, eksik ve arzuyla ilgili geleneksel hikâye kapalı bir sistemi tarif eder; bu hikâyede istediğim şey bana asla sürpriz olamaz çünkü kayıp olanı içten içe zaten bilirim; kabulümün aldığı biçimdir hüsranım, bir hatırlama biçimidir.

İstemek geri kazanmak demektir, keşfetmek değil. Bir nesnenin her bulunuşu, Freud'un meşhur yorumundaki gibi, yeniden bulunuşudur. Zaten önceden elinizde olanı arayıp bulursunuz ancak. Zamanında hiç olmadıysa, der bize bu mantık, yeniden ortaya çıktığında onu nasıl tanıyabilirsiniz ki? Oyunun adı revizyondan ziyade tekrardır. Cinsel sapıklık denen şeyde olduğu gibi, heyecanımın ve tatminimin önkoşullarını bilirim ve bunların sekteye uğramaması gerekir. İsteğim ve kesinliğim birbirine eşlik eder. İstemek doğaçlamanın düşmanıdır. Şüpheciliğim arzumun sabotajcısı, ona karşı savunmamdır.

Bu yazımda insanın bir yanının ne yaptığını bilmeye, bir yanının da bilmemeye ihtiyacı olduğunu ileri sürmek istiyorum. Aynı şekilde, bir yanımız ne istediğimizi bilmeye ihtiyaç duyarken bir yanımız da bilmemeye ihtiyaç duyar. İkisine de ilişik özgürlükler var ve bu iki yan birbirini canlı tutar;

istememiz ne istediğimizi bilmemize ve bilmememize bağlıdır. İstememizle istemememizin birbirine eşlik ettiği bir bağlam vardır, ama çelişki ya da çatışmadan ziyade bir paradokstur bu. Ve bu yazı, bu bağlamda, William James'in "Hayat Yaşamaya Değer mi?" adlı müthiş denemesinden bir cümlenin devamı yahut da takibi niteliğinde. "Belkisiz tek bir zafer kazanılmamıştır" der James, "inanca, cesarete dayanan hiçbir amel belkisiz işlenmemiştir; tek bir hizmet, tek bir cömertlik hamlesi, bilimsel keşif, deney ya da ders kitabı yoktur ki belki bir hata olmasın". İstemek ve hata yapmak ayrılmaz bir şekilde birbirine dolaşıktır; öyle ki istemek nefes alma, yemek yeme ve uyumanın temellerinin ötesinde yanılma ve yanılmama konusunda süregiden bir deneydir. (İstemek, doğruluk sanatı olduğu kadar bir yaklaşım sanatı da olabilir.) İstemek bir bakıma hata yapmak, tam da bilmemektir. Haklı olma ihtiyacı ise istememek üzerine başarısızlığa mahkûm bir deney her zaman.

İştahtan konuştuğumuz gündelik dilde, ihtiyaç, arzu ve istek arasında değişen bir aciliyet skalası var; istediğimiz şeyler olmadan da hayatımıza devam edebiliriz çoğunlukla, ama ihtiyaç duyduğumuz şeyler olmadan devam edemeyiz; arzuladığımız şeyler olmadan yaşayıp yaşayamayacağımızdan ise yüzde yüz emin olamayız asla. Diyebiliriz ki arzu, ihtiyaçla istek arasındaki sınırın bulandığı yer. Eğer ihtiyaç duyduğumuz şey olmadan hayatta kalamıyorsak, istediğimiz şey olmadan yapamadığımız şey nedir? Çizmeye ihtiyaç duyduğumuz çizgiler dikkate değerdir belki de; iştah (nasıl bir tür iştah tarif edilirse edilsin) yakından bir inceleme, ayrım ve düzenleme gerektiriyormuş gibi. Ve zorlama yahut değil, üzerinde bir fikir birliğine varılmasını gerektirme eğiliminde aynı zamanda - çünkü iştah dediğimiz istek aynı anda hem zorunlu hem de hayati görünüyor. Henry James'in *gerçek* tanımı gibi ("gerçek, bilinmemesi imkânsız olandır") istemek de bilinmemesi imkânsız olan bir şeydir. Hakkında fazla kuşkulu olmayı göze alamayız. Tanrı, vaktiyle iştah konusunda uzmandı, yani iştahın ne olduğu ve ne olması gerektiği konusunda uzmandı; ancak seküler materyalist kültürlerde iştah Tanrı'nın yerini aldı ya da şeyleri organize eden ve yöneten anlamıyla kendisi tanrı tabiri haline geldi. Darwin hayatta kalmanın ve sonra üremenin (ve doğal seçilimin) evrimin itici güçleri olduğunu öne sürdüğünde, iştahı, tanım itibarıyla, meselenin özü, hayatın gerçek itici gücü addediyordu.

Şair John Berryman'ın "ihtiyaç istifi" dediği, *Rüya Şarkıları* kitabının kahramanı Henry ironik bir bebek tasviridir ve bu benzetme hepimiz için de geçerlidir. Yaşanabilir hayat, temel ihtiyaçların karşılandığı bir hayat sayılır. Bebekler, ideal şartlar altında, iştah konusunda anneleriyle çok fazla tartışmazlar ama büyüdükçe, aile hayatı denilen şeyin bir parçası olarak, yemekle ve uyku ve agresyon gibi diğer iştahlarla ilgili bildik husumetler içine girerler. Başka her ne iseler ve her ne olmak istiyorlarsa olsunlar, anne babalar iştah uzmanları ve iştah yöneticileri, neye ihtiyacımız olduğunu, ne istediğimizi bilmesi gereken kişi konumunu üstlenmek zorundadır. Kıtlık ve rekabet tehdidiyle sınansalar bile, başka hiçbir hayvanın gözünde iştah, yemek, böyle bir sorun teşkil etmez. Dolayısıyla diğer hayvanları inceleyen etoloji sayesinde daha mutlu isteyiciler haline gelmediğimizi söyleyebiliriz. İnsanlık tarihine, iştahlarının verdiği haz yüzünden ve bu hazza rağmen, hayatta kalmaları iştahlarına bağlı olduğu gerçeği yüzünden ve bu gerçeğe rağmen, özünde huzursuz ve rahatsız, iştahlarının eziyet ettiği mahlukların tarihi gözüyle bakmak hoyratça olabilir ama çok da yanlış olmaz.

Freud'un psikanalizinin modern çağlara katkılarından biri de (ki nihayetinde çocuk gelişimiyle ve dilin gelişimdeki yeri ve işleviyle ilgili hikâyeler de bu katkılara dahil olacaktı) istemenin doğasını, Darwin'in sil baştan tanımladığı iştahı ve evrim teorilerini, açlık ve cinsellikteki istemenin psikobiyolojik yanını ve artık, bizim çağımızda, tüketici kapitalizmine dönüşen kültürün bir parçası mahiyetiyle istemenin doğasını seküler, materyalist, bilimsel bir bakış açısıyla soruşturmasıydı. Memeden süpermarkete, anne babadan görünürde tatmin edici nesnelerden oluşan sonsuz bir yelpazeye kadar (eleştirmen Leo Bersani'nin dikkat çektiği gibi, çocuğun gelişiminde ailenin dışında da hazların olduğunu fark ettiği an çok önemlidir) kültüre uyum sağlamak, isteklerin çok çabuk türeyip çoğalması demek haline geldi, iştahı kültürel yapı örgütleyip dönüştürüyor artık. Ebeveynlik ve eğitim bize ne isteyeceğimizi, ne istemeyeceğimizi öğretiyor. Neyi istememiz, neyi istememememiz ve istediğimizi ne şekilde istememiz gerektiğini belirlemek büyük dinler dediğimiz müesseselerin ve siyasi ideolojilerin rolü olageldi elbette. Ne de olsa insan doğasını konu alan teoriler insanların neye ihtiyaç duyup ne istediğinin farz edildiğiyle ilgili hikâyeler olabilir ancak. Bunların peşinden de modern hayatın bir parçası olan çocuk yetiştirme kılavuzları geldi.

Şu halde psikanalitik hikâye, isteme evresinden iyi, kötü, nazik, zalim, dürüst ya da kurnaz olmayı isteme evresine nasıl geçtiğimizin, biyolojik ihtiyacın (ve buna eşlik eden duygusal angajmanın) ahlaka (ve ahlaka eşlik eden duygusal çatışmaya) nasıl dönüştüğünün hikâyesidir. Biyoloji dediğimiz şeyin münasip bir sosyalliğe dönüşmesinin ve uyum sağlamasının, iştahın da bir duygu haline gelmesinin ya da gelememesinin, ihtiyacın bizi nasıl zalim ya da nazik kılabildiğinin hikâyesidir. En azından geleneksizleşmiş toplumlarda, modern insanın evden ebeveyninin ona veremediği şeyi bulmak, neyi veremediğini anlamak için ayrıldığını kabul ederiz; aile çocuğun istemesini sınırlar, tanımlar ve biçimlendirmeye çalışır, sonra modern çocuğun istekleri ailenin sunabileceklerini aşar.

Öte yandan aile, başka her ne demekse, isteme terbiyesi olduğu gibi, hüsran talimi aynı zamanda; ihtiyaçlarımızı ve isteklerimizi, az ya da çok karşılayan aile olduğundan hüsranı da burada öğreniyoruz. Çünkü bizi tatmin edebilen, bize kendimizi daha iyi hissettirebilen her kimse, bizi hüsrana uğratacak, bize kendimizi kötü hissettirecek kişi de odur; bizler, Freud'un yorumuyla, özünde, çelişkili hayvanlarız: Seviyorsak, hüsran içinde nefret etmemiz de lazım, nefret ettiğimizde de sevgiden, istediğimiz ve ihtiyaç duyduğumuz ve sahip olabileceğimiz şeyden bilfiil mahrum bırakıldığımızı varsayarız. Bu hikâyeye göre her zaman eksik bulunuruz – başkalarına bağımlı, bu yüzden de başkalarına karşı çelişkili bir ihtiyaç duyma halindeyizdir– ve daima, neye ihtiyaç duyuyorsak, ne istiyorsak yalnızca onunla meşgul oluruz. Modern hayatın az çok bildik, seküler ve materyalist açıklaması böyle. Kendimize dair hırslarımız ve ideallerimiz her ne ise, hayatta kalmak onları destekliyor; hayatta kalmamızı sağlama alan şey de iştah.

Ancak göreceğimiz gibi, bu açıklama iki tür insan hasıl ediyor, bu iki tür William James'in *The Varieties of Religious Experience*'ta [Dinsel Deneyimin Çeşitleri] tarif ettiği iki tür "karakterden" çok da farklı değil; James buna "sadece bir kez doğması gereken sağlıklı zihne ve mutlu olabilmek için iki kez doğması gereken hasta ruhlara ait iki bakış açısı arasındaki çelişki" der. Şöyle devam eder:

> Bir kez doğanların dininde dünya, hesapları tek bir ad altında tutulan, parçaları doğal olarak sahip göründükleri değerlere gerçekten sahip olan ve artılarla eksilerin basit bir cebirsel toplamının toplam değeri verdiği bir çeşit doğrusal ya da tek katlı bir olgudur. Mutluluk ve dinsel huzur, hesabın artı yanında yaşamaya bağlıdır. Öte yandan, iki kez doğanların dininde dünya iki katlı bir gizemdir. Hayata sadece artıların eklenip eksilerin çıkarılmasıyla huzura erişmek mümkün değildir. Doğal iyilik sadece yetersiz ve geçici olmakla kalmaz, özünde de bir sahtelik gizlidir.*

Burada çok kesin ya da titiz bir eşleşme olduğunu ileri sürecek değilim, James'in bir kez doğanlarının ne yaptığını, ne yapmaları gerektiğini ve hangi noktada olduklarını bildiğini, kısacası ne istediklerini bildiklerini söylemek kâfi. İki kez doğanlar içinse iki katlı bir gizem söz konusu – "hikâye" ve gizemin gizemindeki kelime oyununu es geçmeyelim.** Onlar için basit,

* Çeviri İsmail Hakkı Yılmaz'a ait. *Dinsel Deneyimin Çeşitleri: İnsan Doğası Üzerine Bir İnceleme*, Pinhan Yayıncılık, 2017. (ç.n.)

** Hikâyenin İngilizce karşılılığı olan *story* kelimesiyle "iki katlıda"ki katın karşılığı olan *storey* kelimesinin benzerliği üstüne bir kelime oyunu bu. (ç.n.)

apaçık ortada olan bir ahlak ya da hakikat yok; hayatta artı ve eksi addedilenler aşikâr değil. Bundan James'in iki kez doğanlarının -belki ilk doğan benlikleri hakkında- felaket kabilinden bir hayal kırıklığından muzdarip olduklarını ve başka bir şeye, daha fazla bir şeye ihtiyaç duyduklarını çıkarabiliriz. İlk doğan benliğin hayatı işe yaramamıştır.

James'in "iki kez doğan karakterin psikolojik temeli" dediği şey "öznenin mizacında belli bir uyumsuzluk veya heterojenlik, eksik bütünleşmiş bir ahlaki ve entelektüel yapı" gibi görünüyor. Bir kez doğanın "içsel yapısı en başından itibaren ahenkli ve dengeli olmaya meylederken" iki kez doğması gerekenler bölünmüş bir benlikten muzdarip. Bu iki karakterin fazla alegorik olduğu, fazla keskin bir şekilde ayrıştırıldığı, fazla muntazam bir şekilde karşı karşıya konduğu açık. Ama James'in ayrıştırıcı üslubunda, daha çağdaş felsefe dilinde özcülerle özcülük karşıtları arasındaki, gerçekte kim ve ne olduğumuzu, ne yapacağımızı bildiklerini iddia edenlerle böyle iddialara güvenmeyen, hatta bu tür iddialardan caydırıcı, alimi mutlak, cezalandırıcı, baskıcı ve kontrolcü olmaları sebebiyle rahatsız olanların arasındaki çatışma şeklinde yeniden tanımlanan (ya da yeniden tanımlanabilen) bir versiyonunu sunuyorlar. Bunu bu şekilde ifade etmek hileye girer elbette; James'in tabiriyle "çoğulcu bir evrende" özcülüğün bizim için nerede ve ne zaman işe yaradığını, nerede ve ne zaman boş yere sınırlayıcı olduğunu anlamamız gerekir. Özcülük ve özcülük karşıtlığından birini seçmek yerine, bunları faydalı tanımlar repertuarımıza eklememiz gerekir. Bu karakterleri -özcüyü ve özcülük karşıtını- modern benliklerimizin olası iki veçhesi, şartlara bağlı iki tanım gibi kabul edebiliriz.

Dolayısıyla, mesele istemeye gelip çattığında, James'in dediği gibi, bir yanda neye ihtiyaç duyduğumuzu ve ne istediğimizi bildiğini iddia edenler ve bilme ihtiyacı duyanlar, dolayısıyla da kabaca, alimi mutlak, hiç değilse duruma vakıf olanlar olduğunu öne sürmek istiyorum (şunu da unutmamalıyız ki, örneğin ebeveynimizin ve doktorlarımızın neye ihtiyaç duyabileceğimizi ve ne isteyebileceğimizi bilmesini, bunlara vakıf olmasını isteriz). Ne istediğimizi ve neye ihtiyaç duyduğumuzu bilenlerin en uç örneklerine *fundamentalist* [köktenci] denir. Bir de neye ihtiyaç duyduğumuzu ve ne istediğimizi bilmeye ille de ihtiyaç duymayanlar, hatta bu tür bilgilerin büyük kısmını, kısmen geleceği bilebileceğimizi (ve nelere ehil olduğumuzu, olasılıklarımızın neler olduğunu ve neler olması gerektiğini bilebileceğimizi) varsaydıkları, kısmen de kendimizi doğruluğundan şüphe edilmez ya da değişiklikten azade bir şekilde bilebileceğimizi farz ettikleri için imkânsız sayanlar var. Onların nazarında, her türlü mutlak yahut dogmatik anlamda bilme ihtiyacı çözümün değil, sorunun parçasıdır. Neye ihtiyaç duyduğumuzu ve ne istediğimizi herhangi bir kesinlikle bilmeye ya da bilmek istemeye şüpheyle yaklaşanların en uç örneklerine de liberal (ya da çoğulcu) denir. Kim ve ne olduğumuzu (dolayısıyla kim ve ne olmamız gerektiğini) bilen özcülerle bu konuda açık fikirli olmak isteyen deneyselciler arasındaki savaş, istemekle ilgili bir savaştır. Ve bu, psikanaliz tarihinin ayrılmaz bir parçasının başka bir versiyonudur.

Psikanalizin en başından beri insanlar, psikanalistler bilinçdışının içinde ne olduğunu ve nasıl işlediğini zaten biliyorlarsa bunun ne menem bir bilinçdışı olduğunu sorgulayageldiler. Bilinçdışı, psikanalistler hariç herkese meçhuldü sanki. (Elbette psikanalistler de bilinçdışını bir arşiv, bir sindirim biçimi veya içgüdüsel arzu haznesi vs gibi dilbilimsel analojiler üzerinden bilebilirdi ancak.) Bilinçdışının bilgisi gizli bir silah ya da gizli bir ilimmiş gibi. Kaynakların en az ayrıcalıklısı ve en demokratiği (sonuçta herkesin bir geçmişi olduğu gibi, tabiri caizse, herkesin bir bilinçdışı da var) ayrıcalıklı bir azınlığın bilgisiydi sanki. Modern insanlar olarak hepimiz bir külte üyeymişiz ama çoğumuz bunu bilmiyormuş gibi. Bilinçdışı fikri, en azından Freud'un nazarında, biz modern insanların –ya da Freud ve takipçilerinin dönemin Batı Avrupa'sında karşılaştığı modern insanların– kendimiz hakkında ne kadar az şey bildiğini ve bilebileceğini, kendimize dair cehaletimizi sürdürmeye ne kadar meraklı, hevesli, bu işte ne kadar marifetli bir hale geldiğimizi anlatmanın yoluydu. Kulağa ne kadar paradoksal ve ironik gelse de, hayatta kalmamızın arzularımızdan bihaber olmamıza bağlı olduğuna nasıl inandık peki? Ancak ve ancak bizim için en çok önem taşıyan şeyin ne olduğunu bilmeyerek, en çok ne istediğimizi bilmeyerek yaşayabileceğimize nasıl inandık?

Elimizden, kendi hayatlarımızın yazarı oluşumuz ve olmayışımız hakkında, içimizde her zaman kendimiz hakkında bildiğimizi iddia ettiğimizden fazlası olacağı hakkında, ne istediğimizi bilmemiz, bilmememiz ve bilemeyeceğimiz hakkında birbiriyle rekabet eden ve birbirini tamamlayan açıklamalar icat etmekten başka bir şey gelmeyebilir. Bilinçdışı denen şey, pragmatist açıdan, istediğimiz hayatları elde etmek için, istediğimizi düşündüğümüz hayatların ne tür hayatlar olduğunu ve niçin bu hayatları istediğimizi düşündüğümüzü anlamak için, diyalog kurup tanımlamaya ve yeniden tanımlamaya (analoji kurmaya) devam ettiğimiz şey olabilir. Freud'un meşhur analojilerinde kendi evimizin efendisi değilsek ve atı atın gitmek istediği istikamete sürüyorsak eğer, bu evlerin ve bu atların neye benzemesi gerektiğini anlamaya ihtiyaç duyabiliriz. Bizi neyin harekete geçirdiğine, neyin yönlendirdiğine, henüz kendimizle ilgili bilmediklerimize dair yeni bir resim çıkarmak için bunları nasıl yeniden tanımlayabiliriz, tanımlamamız mümkünse tabii? İsteklerin de, diğer her şey gibi, zamanla evrilip değiştiği düşünülürse, henüz farkında olmadığımız isteklerimizin yeni bir resmi nasıl çizilebilir?

Dolayısıyla bu başlık, "İstememek Üzerine" ne sahte bir oryantalizm, ne *kitsch* bir Zen ne de kendi çapında bir Budizm öğretisi, çilecilik öğüdünde bulunmak gibi bir derdi de yok; kısmen psikanaliz diliyle, bir şey isteyen kişilere her daim musallat olduğuna hüküm verdiğimiz istemek ve istememek üzerine yeniden konuşma çabası daha ziyade. Ne kadar bariz olsa da, tanı kategorisi dediğimiz her şeyin, başka niteliklerinin yanı sıra, istememe biçimlerinin tanımları olduğunu da unutmayalım (histerinin, saplantının, fobilerin, kaygının, depresyonun, vesairenin neyi istememenin yolu olduğu dikkate değerdir daima). İsteme konusundaki çelişkili duygularımızın sonuçları hakkında, bağımlı oluşumuzun getirdiği derin çatışmalarımız ve bu tanımlar için dile mutlak bağımlılığımız hakkında konuşmak bize hep zor gelmiş gibi. Artık aşina olduğumuz bir ikilikte, istemenin (ve huzursuzluklarının) tek alternatifi istememekmiş (ve huzursuzluklarıymış) gibi görünüyor. Yapacağımız seçimin açgözlülük ve anoreksiya arasında bir seçim olduğuna inanmak gibi bu. Bunun yerine herhangi bir durumda neyi isteyebileceğimizi, neyi istemeyebileceğimizi ve istemekle istememenin en mücbir seçenekler gibi göründüğü durumlarda başka ne yapabileceğimizi düşünebiliriz oysa.

Öte yandan, mesela Darwinci perspektiften, hayvanlara kıyasla isteme işinde pek iyi değilmişiz gibi görünüyor, ya da Freudcu, sonra da Lacancı bir perspektiften, dil kazanımımızın isteyişimizin önünü kestiği, hatta isteklerimizi alıp kaçırmış gibi göründüğü bir tablo söz konusu (nihayetinde isteği kelimelere dökerken vuku bulan dönüşümün nasıl bir dönüşüm olduğunu da merak edebiliriz). Fakat Freud ve ondan sonra gelen psikanalistler bize istemekle ilgili resimlerimizi niçin bu kadar yanlış ve bu kadar rahatsız edici çizmeye meyilli olduğumuzu gösterme konusunda çok iyi bir iş çıkardılar. Resimler yanlış değilse bile, en azından boş yere hüsran verici. Ya da, James'in diliyle, sadece hatalı. Elbette istemek her zaman farklı derecelerde hüsran yaratabilir, ama bunun hakkında konuşma şeklimiz de öyle; ya da istemek hakkında konuşma şekillerimiz hüsranı ya da tarif ettikleri hüsranı teşvik ediyor olabilir. İştah hakkında konuşmak ve iştahı tanımlamak için bulduğumuz yolların iştahı bir tür tehdit yahut da zulüm gibi göstermesinde veya sahnelemesinde de kayda değer bir ironi olabilir. İstemek, çekimle deneyler yapmak ya da tercihleri sınamak şeklinde de baştan tanımlanabilir örneğin. Bizi ayakta tutan şey aynı zamanda bizi felakete sürükleyen şeyin ta kendisi gibi görünüyorsa yani eğer kendimizle ve başkalarıyla temas kurduğumuz mecra bizi biçimlendiren yabancılaşmalarımızın da kaynağıysa biz de, tıpkı Freud gibi, iştahın bize ne yapmasını istediğimizi sorgulayabiliriz. Ve, Freud'un aksine, iştahı sabote eden resimler ve tanımlar bulmakta ne kadar maharetli olduğumuzu idrak edebiliriz aynı zamanda.

II

Hayatım boyunca nasıl sonuçlar verebileceklerini sorgulamadan fikirlerimi etrafa serbestçe saçıp durdum. Kendimi küçük görmeden kabul edebilirim ki pek çok şeyi başkalarından öğrendim aslında.

Sigmund Freud, Wilhelm Fliess'a mektubundan, 1904

Freud'un takipçisi Ernest Jones 1927'de kadın cinselliğinin erken gelişimi üzerine bir makalesinde afanizi kavramını (afanizi Yunancada kayboluş demektir, ama Jones bunu cinsel arzunun kayboluşu anlamında kullanır) psikolojiye takdim ederken, insanın en derinindeki korkunun Freud'un önerdiği gibi hadım edilme değil, cinsel arzunun yokluğu ya da kaybı korkusu olduğunu öne sürdü. Başka bir deyişle, temel korku sakatlanma korkusu değil, istememe korkusu, arzunun ve bağımlılığın ölümüdür; yani Jones cinsel arzunun yok olabilecek türden bir şey olduğunu ve bu tür bir istememe haline düşen kişinin hayatını katlanılmaz bulacağını ima etmekteydi. Afanizi kaybolmuş hissettiğimiz, çaresiz hissettiğimiz birincil sahnemizdi. Ama temel dehşet ister hadım edilme korkusu olsun ister afazi; istek ve iştah hayatı sürdüren, yaşamaya değer kılan yegâne şeydi. Erken dönem psikanalistlerin ısrarla üzerinde durduğu şey, cinsel arzunun diğer hayvanlar için olduğu gibi "doğal" ve kabul edilebilecek bir şey olmamasıydı. Daha sonra gelen ve çocukları analiz eden psikanalistler ise, kısa bir süre içinde, çok az sayıda bebek büyüme geriliğinden muzdarip olsa da, çoğu çocuğun yemek konusunda çatışma yaşadığını ve iştahını düzenlemek -serbest bırakmak ya da bastırmak- için büyük bir çaba harcadığını kabul etmek zorunda kaldı. Bunca çaba, bunca dikkat, bunca kaygı, bunca çatışma gerektiriyorsa, iştah nasıl bir şeydir, neye benzer ve tarihsel açıdan iştahı nasıl tarif ederiz?

Freud "Psikanaliz Çalışmalarında Karşılaşılan Bazı Karakter Tipleri"ndeki (1916) üç makalesinden biri olan "Başarı Yüzünden Mahvolanlar"da, anormal gibi görünen bir keşfinden bahseder. Artık herkesin aşina olduğu istememe teorisini tekrar ederek (kendi ifadesiyle, "gerçek bir tatminin verdiği yoksunluk ve hüsran, nevrozun oluşması için ilk koşuldur, ama tek koşul değildir asla") ilk bakışta çok kafa karıştırıcı gelen bir şeyi tanımlamaya girişir:

> Bir doktor insanların tam da kökü derinlere inen ve uzun zamandır üzerine titredikleri bir dilek gerçek olduğunda hasta düştüklerini keşfedince bu ona çok şaşırtıcı, hatta sersemletici geliyor olmalı. Kendi mutluluklarına tahammül edemiyormuş gibi görünüyorlardır, zira başarılarıyla hastalıkları arasında bir sebep sonuç ilişkisi olduğu su götürmez.

Freud'a göre, bu şaşkınlık ve sersemlik, şaşkınlık ve sersemliğe yönelik bir iştahtan ziyade, bir açıklama ihtiyacı doğuruyordu. Bu yüzden, "vicdanın gücünün öznenin gerçeklikteki talihli değişimden uzun zamandır ümitle beklediği kazancı elde etmesini engellediği" sonucuna varır. Bir şeyi fantezi düzeyinde istemek farklı bir şeydir, bu şeyin gerçeklikte tatmin edilmesi tehlikeli olabilir: Yasak bir istek olabilir bu mesela ya da insanı boğan bir haz, bağımlılık yaratan bir haz yahut da saldırılara kapı açan kıskanılası bir haz olabilir. Hazlarımız ve tatminlerimiz başka insanların yoksunluğuna ve ıstırabına yol açıyor olabilir. Başka bir deyişle, hazzın neden bir sorun olduğuna dair, Bion'un kullanışlı formülüyle, acıdan acı duymayı ve hazdan acı duymayı niçin öğrenmemiz gerektiğine dair psikanalizin işaret ettiği pek çok geçerli ve ilginç sebep var.

Freud bu "diledikleri tatminle mahvolanlar" muammasına 1936 tarihli "Akropolis'te Bir Bellek Karışıklığı" makalesinde geri döner, ama burada bunu erkek çocuğun babasına karşı zafer kazandığı Ödipal tatmine daha açıktan bağlar. Elbette ki bu konuya boş yere dönmemiştir. Freud'un üzerine tekrar tekrar düşünmek istediği şey istemenin paradoksal sonuçlarıdır. Oidipus kompleksinde, Freud'un miti kullanış şeklinde, erkek çocuğun istediği şey annedir ama onu elde etmek için babayı öldürmesi, yerinden etmesi veya baba misillemeyle cevap versin diye onu tahrik etmesi gerekir. Dolayısıyla çocuğun içgüdüsel isteği hayatını riske atan şeydir diyebiliriz: Ödipal isteme çocuğun kendine zarar vermesi, Ödipal istememe kendini aç bırakmasıdır. Freud bu ikinci makalesinde şöyle der:

> Bu, sık sık karşılaştığımız "o kadar iyi ki gerçek olamaz" vakalarındandır. İyi bir haber aldığımızda, mesela bir ödül kazandığımızda, piyango bize çıktığında veya genç bir kız içten içe sevdiği adamın onunla konuşmak için ailesinden izin istediğini öğrendiğinde yaşanan şaşkınlığın beraberinde getirdiği inanmazlığa örnek teşkil eder... Genellikle insanlar bir hüsranın sonucunda, hayati bir gereksinimleri karşılanmadığında yahut da arzuları tatmin olmadığında hastalanır. Ama bu örneklerde durum tam tersidir; müthiş güçlü bir dilekleri gerçekleştiği için hastalanır, hatta darmadağın olurlar. Ama bu iki durum arasındaki tezat ilk bakışta göründüğü kadar büyük değildir.

Freud hayati bir gereksinimin karşılanmasıyla karşılanmamasının, güçlü bir arzunun tatmin olmasıyla olmamasının göründüğü kadar farklı olmayabileceğini öne sürmektedir; bir dileğin gerçekleşmesinin getirdiği tatmin de, gerçekleşmemesinin getirdiği hüsran da acı verebilir (ne dilediğimize dikkat etmemiz gerekir; hazzı zahmete değer kılanın ne olduğu Freud'un aklını kurcalamayı asla bırakmaz).

Haz, peşinden koşup durduğumuz şeyin ta kendisi ve aynı şekilde kaçındığımız şeyin de ta kendisidir. Ödipal izleği pre-Ödipal bir perspektiften ele alan İtalyan analist Maria Pierri, Freud'un 1936 tarihli makalesini şöyle yorumlar: "Aşırı sevinç [kişinin kendi kimlik hissini] tehlikeye sokup anaç okyanusa yeniden çekilmenin yok edici dehşetine yol açar." Pre-Ödipal bir bakış açısıyla, eğer istediğinizi elde ederseniz yeniden anneye kapılarak kendinizi kaybedersiniz; ya da Ödipal bir bakış açısıyla, babanızın şiddetini göze alırsınız. Yani istediğinizi elde etmek, kendinizi kaybetmiş veya zarar görüyormuşsunuz gibi hissettirebilir. Anneyi istemek, ne şekilde olursa olsun, ki istememek elimizde değildir, ölüm kalım meselesidir. İstemek bizi ayakta tuttuğu gibi bizi yok etmekle de tehdit eder; istememek bizi aç bıraktığı gibi güvende de tutar. Freudyen hikâyede, en çok istediğiniz şey sahip olmamanız gereken şeydir. Ensest tabusu, en hafif tabirle, istememizi karmaşıklaştırır. İstemek felaket kabilindense, istememek bir tür çözüm, insanın kendi derdine devası gibi görünebilir. "Oidipus kompleksinin çözümü" dedikleri şey istememeyi öğrenmeyi gerektirir. Ve istememek, esasında, farklı şekilde istemek, başka türlü istemek demek olabilir yalnızca.

Yani, eğer başarılı olmak, en çok istediğiniz şeyi elde etmek sizi hasta ediyorsa, ya hasta olmak istediğiniz ve bu yüzden başarılı olmak için gayret gösterdiğiniz yahut da aslında istediğiniz şeyin bu başarılar olmadığı ihtimali üzerine düşünmeye değebilir. Çünkü, psikanalizin istemekle ilgili süregelen kültürel tartışmaya kattığı bir diğer, belki daha önemli husus, ne istediğimizin bilincinde olmadığımızdır; bu sadece istediğimiz şeyin yasak olabilmesinden değil, isteklerimizin çok çabuk çoğalabilmesinden de kaynaklanıyor. Bu da, hem özcü olmayan bir bakış açısıyla, ne istediğimizi her zaman halihazırda biliyor olmadığımız ve olamayacağımız anlamına hem de özcü bir bakış açısıyla, ne istediğimizi tam olarak bildiğimiz ama böyle bir bilmeyi kabul etmek tehlikeli olduğu için bildiğimizi bilmememiz gerektiği anlamına gelir. Özcülük karşıtı bir psikanalizde ise (Oidipus kompleksini, cinselliği veya ölüm içgüdüsünü kendimizi basitleştirmek için kullanmayan, bunları belirleyici değil bilgilendirici bulan bir psikanalize göre ise) arzularımızın çoğalışından ve çeşitliliğinden, ne istediğimizi bildiğimizi iddia edip sonra bundan sapmayarak zihinlerimizi bilfiil ve durmaksızın daraltma ayartısına kapılacak kadar rahatsız olduğumuzu söyleyebiliriz; başka bir deyişle, ne istediğinizi bildiğinize inanmak en savunmacı, en dikkat dağıtıcı, en bilgiçe tavır olabilir (istemek, en kötü haliyle, bağımlılığa yakın bir şeymiş gibi). Ne istediğinizi bilmek gelecek korkusu olabilir. Ne istediğinizi bilmek öngörülemez sonuçlardan korkmak demek olabilir. Ne istediğinizi bilmek bilginizin arzunuzu gölgede bıraktığı anlamına gelebilir. Ne istediğinizi bilmek, istemekten ziyade güvenceyle alakalı olabilir. Ne istediğinizi bilmek, isteme korkusu olabilir. İstediğinizi düşündüğünüz şeyi istememekse en azından farklı isteme türlerine yer açabilir kimi zaman. Yani, Freud bilinçdışı kavramıyla pek çok açıdan ne istediğimizi bilmediğimiz ve çoğunlukla bilemeyeceğimiz ihtimalini öne sürdü. Ne istediğimizi bilme projesinin herhangi bir anda ne isteyebileceğimizi anlama yollu sonsuz ve süregiden projeye karşı sürekli bir savunma ve bu projeyi engelleme teşebbüsü olduğu ihtimalini ortaya koydu. Bu durumda kesin ve bilinebilir bir istemeden geçici ve deneysel bir istemeye doğru gelişimsel bir geçişten bahsedilebilir. İki tür isteme de farklı durumlarda, farklı amaçlara araç olarak gereklidir. Sürekli haber izler gibi her şeyden haberdar olmak istemeyebiliriz.

Eğer, Freud'un dediği gibi, istememizin en çarpıcı yanı isteğimizin hareketliliği, isteğimizin yerini değiştirme kabiliyetimizse (ki psikanalist Charles Rycroft bunu "bireyin ilgisini bir nesne ya da faaliyetten ötekine, ikincinin ilkinin dengine yahut da ikamesine dönüştüğü süreç" şeklinde tanımlar) insanın ne istediğini bilmesi de kendisini hareketsizleştirme, zamanı dondurma ve süregelen muadil veya ikame bulma süreçlerini durdurma girişimidir. Her yer değiştirme edimi, bulunan her bir muadil veya ikame, ikame edilen şey her ne ise ona bir şey ekler; çünkü birbirinin muadili olan hiçbir iki şey birbirinin aynı değildir, muadilini bulmak her zaman bir eklemedir. Bir yeninin şokuyla istemek vardır, bir de eskinin alışıldık şokuyla istemek. Bir en büyük yeteneğimiz olarak yer değiştirme vardır, bir de bizi avutan bir sığınak olan yer değiştirme. Bir yanda özcülüğün yıkımı olan yer değiştirme vardır, bir yanda özcülüğün güven verici bir teyiti olan yer değiştirme. Yer değiştirmedeki potansiyel özcülük karşıtlığı, serbest çağrışımla tutarlı ve anlaşılır bir hikâye anlatımı arasındaki farkı ortaya koyar örneğin, açıklamakla boşaltmak, bilgiyle heves, dogmayla izlenim arasındaki farkı gösterir.

Freud *Rüyaların Yorumu*'nda yer değiştirmenin (ve konversiyonun/dönüştürmenin) meselenin özü olduğunu ileri sürer: Laplanche ve Pontalis'in *Psikanalizin Dili*'ndeki veciz ifadesiyle, "örtük içeriğin daha önemli unsurları tali ayrıntılarla temsil edilir". Vurgulamak, öncelik tanımak, altını çizmek, parmak basmak, ısrar etmek, ön plana almak, ikna etmek yani –tüm kanaat ve kesinlik halleri– kılık değiştirme biçimleridir, hiledir hepsi. Her şeyi fazla organize etme, anlama izin vermekten ziyade onu zorlama çabasıdır (rüya yorumlamanın tehlikeli yanı, aslında niyet edilemeyecek bir şeyin niyetine çok çabuk dönüşmesidir). Freud'a göre, rüyada yalnızca önemsiz unsurlar önemlidir. Birincil dediği süreçte (bilinçdışının nasıl çalıştığını, rüyaların nasıl "yapıldığını" bu noktada tanımlar) yer değiştirme merkezi bir rol oynar: Bu, yine Laplanche ve Pontalis'in ifadesiyle, "genellikle görünürde önemsiz bir fikrin aslen başka bir fikre atfedilen tüm ruhsal değeri, anlam derinliğini ve yoğunluğunu yüklendiği mekanizmadır". Eğer, en azından rüyalarda ve bilinçdışı düşüncede, önemsiz fikirler önem taşıyorsa, yoğunluk, değer ve anlam en az beklediğimiz yerlerden çıkıyorsa, kendimize farklı bir tür dikkat kesilmemiz gerekir. Sosyalliğin neler içerebileceğine, birbirimiz ve kendimiz hakkında neyin kıymetli olabileceğine dair yeni bir resim çizmemiz gerekir. Bundan önce istemenin olduğu yerde istememe olabilir. Yer değiştirme mevzubahisse, yeri değiştirilen bir şey olduğu açık; ama yer değiştirme sürecinde bir şey kökten bir şekilde değiştirilmiş de olabilir. Tanımı baştan yapmak hem yer değiştirir hem yeniden yerleştirir.

Dolayısıyla, soru bir yanıyla da bilinçdışı arzumuzun niçin böyle çok yönlü bir hareketlilik ve mahirane bir kılık değiştirme gerektirdiği sorusuysa aynı zamanda, en az iki olasılık, iki cevap var; bu iki olasılıkta karşımıza yine özcülerle deneyselciler arasındaki savaş çıkıyor. Özcüler bilinçdışı arzu yasak olduğu için böyle incelikli kılık değiştirmeler gerektirdiğini söyleyecektir. Bütün bu kılık değiştirmelerin anıştırdığı, geri döndüğü ve bizi kabul etmekten koruduğu bir esas mesele yani ensest arzu vardır (yeri değiştirilen şeydir bu). Ruhsal hayatımızı ensest tabusu örgütler. Deneyselciler ise bu şekilde arzumuzu tanımlayıp belirleyen bir esas mesele olmadığını, arzumuzun daha doğrusu istememizin hareketli ve çoğunlukla öngörülemez olduğunu ileri sürecektir (istediğimizi veya ilgilendiğimizi bilmediğimiz şeyler ve kişiler buluveririz). Deneyselcilere ve faydacılara göre, Oidipus hikâyesi istediğimiz hayatlara erişebilmek için kullanabileceğimiz pek çok mitten yalnızca biridir.

Bebekler ve küçük çocuklar özcüdür; ne kadar bilinçdışında olsa da, ne kadar bilişsel olmasa da, bebekler, küçük çocuklar ve anneleri genellikle bebeklerle çocukların ne istediğini ve neye ihtiyaç duyduğunu yeterince iyi bilir ve bunlar gerçekten de az çok mevcuttur; ama ergenlikle birlikte daha dalgalı ve huzursuz bir isteme başlar, ben buna bir nevi özcülük karşıtlığı diyorum (istediğiniz şey artık anneniz değilse, dünyada pek çok farklı türden kadın olduğunu ve arzu nesnelerinin beklenmedik biçimler alabileceğini keşfedersiniz). Ergenler ve daha sonra dönüşecekleri yetişkinler bir şey istediklerini bilseler de, istediklerinin ne olduğunu önceden bilemezler (burada ergenlik ve cinsiyeti kısayol olarak kullanıyoruz; insanlar ebeveynini istemeyi bıraktığında neyi ya da kimi ister?). Modern gelişmenin sebep olduğu bu istek karışıklığı yüzünden, kaygılarından ötürü, daima ne istediklerini bilmek istemeye, bu istekleri yerli yerine yerleştirmeye ve kendileri bu isteklere yerleşmeye (ki genellikle buna kendini bilme deniyor) teşne olacaklar. Üstelik etraflarında onlara aslında ne istediklerini ve aslında ne istediklerini bilmelerinin gayet mümkün olduğunu anlatmaya fazla hevesli insanlar da eksik olmayacak. Burada amaç, Freud'un capcanlı bir şekilde tarif ettiği ve sonra Oidipus kompleksi, cinsellik ve otoriter analist fantezisiyle kendini durdurmak zorunda kaldığı arzunun sonsuz yer değiştirmelerine bir son vermektir.

Öyleyse istemek, potansiyel olarak özcü bir girişimdir: Önce aslında ne istediğinizi anlar, sonra da ona nasıl erişeceğinizi yahut da erişip erişemeyeceğinizi çözersiniz; mesele ne istediğinizi bilememek değil, onu nasıl elde edeceğinizdir. Yahut da deneysel bir projedir istemek, anlayabileceğiniz şey ne isteyebileceğinizdir olsa olsa, isteyebileceğiniz şey de daima değişir ve geçicidir. Deneysel bir proje olarak istemek, bol bol isteksizliği, ne istediğinizi size başkalarının söylemesine pek hevesli olmamayı da içerir; burada istemek bir birleşme girişiminden ziyade bir tür risktir (John Stuart Mill'in deyişiyle, "yaşama deneyidir"). Özcüler bilgi, suçortakları ve bir tür garanti ister; deneyselciler ise deney, sosyallik ve bir tür güvenlik (bu güvenliğin ne olduğu belli değildir gerçi). Belki de, her şeyden önce, deneyselcinin ihtiyaç duyduğu şey belli bir durumda ihtiyaç duyduğunu düşündüğü güvenlikle deneyler yapmaya devam etmektir. Bu şekilde özcülerle özcülük karşıtlarını ortağımız gibi görebilmeli ve ikisinden biri olmak için ikisi de olabilmemiz gerektiğini, bunların kendimizin potansiyel açıları olduğunu ama tüm repertuarımızı kapsamadıklarını kabul etmeliyiz.

Deneyselcinin gözünde risk aynı şeyin tekrar etmesidir her zaman: Arzulanansa canlılık ve beklenmediklik hissidir. Başka bir deyişle, deneyselciler şaşırtılmak ister (gelişimin amacı mümkün olduğunca bağımlı hale gelmek olmalıdır mesela). Özcüler içinse risk itidali kaybetmektir, kafa karışıklığıdır: Arzulanan şey güvence ve aşinalık hissidir. Özcü yeniden travmatize olmak istemez. Elbette, iki tarafın da haklı olduğu bir nokta olabilir. Belki şunu da kaydetmekte fayda var, doğuştan deneyselci olduğumuzu düşünmek (hayatımızın en başında başka ne olabiliriz ki?) hoşumuza gitsin ya da gitmesin, özcü olmak için, insanın kendini özcü sayması çok uzun bir zaman, çok fazla ebeveynlik ve eğitim, daha da fazla kültürel uyum gerektiği kesindir.

III

Eğer üzerine düşünebiliyorsam, istediğim o değildir.

Randall Jarell, "Hasta Bir Çocuk"

Freud'un manidar bir benzetmeyle, "veliaht prensi" olarak adlandırdığı Jung'un, selefi Freud'un psikanalitik projesinden "sapmaya" başladığı birkaç senedir belliydi. Jung, Freud'un cinselliğe öncelik tanımasına; doğaüstüne ve tarihötesine karşı tahammülsüzlüğüne şüpheyle yaklaşıyordu. Freud nevrozun gelişiminde kişisel tarih görürken Jung gitgide, kendi tabiriyle, "kolektif bilinçdışına" ve bunun içerdiği düşünülen mitolojilere daha çok ikna oluyordu. Jung Uluslararası Psikanaliz Derneği'nin başkanıydı; olayların seyri geriye dönüp baktığımızda psikanaliz tarihini şekillendiren an diyebileceğimiz noktaya derneğin 1913'te düzenlediği Münih Kongresi'nde geldi. Lou Andreas-Salome *Freud Günlüğü*'nde bu sahneyi şöyle tasvir ediyordu:

Zürihli üyeler Freud'un karşı masasında oturuyordu. Tavırları şöyle özetlenebilirdi: Mesele Jung'un fikirlerinin Freud'unkilerden ayrılması değil; bu görüş ayrılıklarıyla Freud'u ve davasını kurtarmayı vazife edinmiş gibi davranmasıydı. Freud kendini savunmak için ipleri eline alsa bilime müsamaha gösteremediği, dogmatik olduğu gibi yanlış anlaşılmalara gün doğacak. Oysa hangisinin daha dogmatik, hangisinin güce daha çok âşık olduğunu bir bakışta anlarsınız. Bundan iki sene önce Jung'un kahkahaları etrafa sarsılmaz bir neşe, coşku ve canlılık yayıyordu, ama şimdi ciddiyetinden safi saldırganlık, hırs ve entelektüel vahşilik akıyor... Freud ise her zamanki gibi, derinindeki duyguları zapt etmekte güçlük çekiyor yalnızca. O anda onun yanında oturmayı her şeyden çok isterdim.

Taraflı bir bakış açısı olduğu aşikâr, ama bu fevkalade kadın iki adamın çatışmasını anlatırken, Jung'un kibirli kendinden eminliğini ve Freud'un onca yatırım yaptığı Zürih grubu karşısındaki vakur yenilmişliğini tasvir eden bir resim çıkıyor ortaya. Mesele yalnızca Freud'un onları kazanamayacak olması değil (kendini savunursa dogmatik görünecek vs), kendini ifade edememesi, en azından Andreas-Salome'nin anlatımında böyle. Freud, daha sonraları Michelangelo'nun *Musa*'sını tasvir ederkenki kelimeleriyle, "derinindeki duyguları zapt ediyordu". Freud Jung'dan istediğini alamayacağını bu kongrede anlamıştı. Burada istemenin ve istememenin ışığında bahsetmek istediğim şey de Freud'un bu duruma verdiği tepki.

Kongrenin sonunda Jung yeniden başkan seçildi, ama üyelerin beşte ikisi onu desteklemeyi reddetti ve grup bir daha hiç toplanmadı. Ertesi sene, 1914'te, Freud *Psikanalitik Hareketin Tarihi Üzerine*'yi yazdı. Münih Kongresi'nde yaşananları nakletttikten sonra, psikanaliz ve psikanaliz tarihi açısından büyük bir önem taşıyan şu ifadeleri kaleme aldı:

Çünkü psikanaliz benim eserim; çünkü on yıldır psikanalizle ilgilenen, onu dert edinen tek kişi benim. Çağdaşlarımın bu yeni olgu karşısındaki tüm hoşnutsuzluğu eleştiri biçiminde bana yansıdı. Dünyadaki tek psikanalistin ben olduğum zamanların üstünden çok geçse de, bugün dahi psikanalizin ne olduğunu, zihnin hayatını soruşturmanın diğer yollarından farkını, tam olarak neyin psikanaliz sayılması gerektiğini ve neye başka bir ad koysak daha iyi edeceğimizi kimsenin benden iyi bilemeyeceğini iddia etmekte haklı sayıyorum kendimi.

Bu yazının amaçları doğrultusunda mümkün mertebe kabaca ifade edecek olursak, Freud Jung'dan ve Zürih grubundan istediğini alamaz ve bu onu dogmatik bir özcüye dönüştürür; psikanalizin esasının efendisi olur. Psikanalizin ne olduğunu herkesten iyi o bilir; ama eğer ki psikanaliz birinin aslında onun ne olduğunu bilebileceği bir şeyse, ne olduğu addedilmektedir? Ve Freud, kendi görüşüne göre, bunu bildiğini nasıl bilebilir? Psikanalizin ne olduğunu bilmenin ölçütü nedir, bu ölçütlere nasıl karar verilir?

Liberal bir deneyselci olsaydı şöyle bir şey yazabilirdi: Kendi buluşum olduğunu söyleyebileceğim psikanalizin en harika yanı yol açtığı tartışmaların çapı ve çeşitliliği; insanların arasında çok ilginç, ilham verici ve ateşli anlaşmazlıkları harekete geçiriyor. İnsanları motive ediyor. İnsanlar psikanaliz okumaya, uygulamaya ve konuşmaya başladıklarında çok şaşırtıcı bir etki hasıl oluyor, kimi çok, kimi daha az merak uyandıran ama hepsi de her zaman önemli bir konuda hararetli tartışmalar yapılıyor. Öyle ki psikanaliz insanların arasında uzlaşı ve fikir birliği meselesini de tartışmaya açacak gibi görünüyor.

Ne var ki, olup bitenler yüzünden besbelli incinen ve bir nebze köşeye sıkışan Freud kendini psikanalizin sahibi ilan etti; bize psikanalizin ne olduğunu anlatma ihtiyacı duyan ve psikanalizin ne olabileceğini ve psikanalizin ne olmasını isteyebileceğimizi çözmeye devam etmek yerine, neye psikanaliz denmesi gerektiğini tam olarak bildiğini iddia eden insanların itibarsız geleneğini başlattı. Bu güçlü iyelik iddiası Freud için nasıl bir tedaviydi ve neyin tedavisiydi? Sonuçta "Ben ne yaptığımı ve ne dediğimi biliyorum" cinsinden cümleler yerine, "Bana katılmanızı beklemiyorum, sadece düşüncelerimi söylüyorum" veya "Bu iş bana böyle görünüyor, size nasıl göründü?" cinsinden cümlelerin öncüsü de olabilirdi. İnsanların neden bahsettiklerini bilmeye ve kimle konuştuklarını bildiklerini farz etmeye ihtiyaç duymamanın faydalarını teslim edebildiği yeni bir tür diyaloğu teşvik eden bir psikanalizin kapısını açabilirdi.

Sonuç niyetine, Freud'un buradaki hükmedici özcülüğünün ("psikanalizin ne olduğunu kimse benden daha iyi bilemez"), psikanalizin özcülüğün ve özcülüğün gizli paydaşı olan hâkimiyetin ölüm fermanını imzaladığı yollu göz korkutucu kabulünün karşısında kendini tedavi etme yöntemi olduğu tahmininde bulunabiliriz. Önceden sözümona kesinliğin ve dogmanın olduğu yerde şimdi bilinçdışı vardı. Önceden bilginin ve şüpheciliğin (bilimin kendini düzelten ampirizminin) durduğu yerde şimdi radikal ve asli bir bilmeyiş duruyordu. Jung'un Freud'un cinselliğe bağlılığını ve mistisizme antipatisini sorgulayışı, ona psikanalizin olmasını istediği şeyin temelinden yıkılışı gibi gelmiş olması mümkün.

Freudyen bilinçdışı, temel içgüdüsel dürtüler olmadan, bilinmeyen ve bilinemez bir nicelik halini alır. Bütün Freud eleştirmenleri, farklı şekillerde, modern insanların Freud'un onların istediğini söylediği şeyi istemediğini söyleyecektir. Geriye dönüp bakınca, Freud insanlara belirsizliğe mahal vermeyen ifadelerle ne istediklerini söyledikten sonra, onca üstelemesine rağmen, psikanalizi hem eleştirenler hem de revize eden kişiler için esas meselenin insanların neyi istemediği haline gelmesi çok da şaşırtıcı değildir belki. Öte yandan Freud'un mirasının kalıcı ve kullanışlı yanı, isteğimizdeki ve isteme biçimimizdeki ısrar, yaratıcılık, ustalık ve akışkanlık aslında.

Dışarıda Bırakılmak Üzerine

Hiçbir sınıflandırma yoktur ki bir amacı olmasın.

Bernard Williams,
"sense and sensibilia and philosophical papers"

Yere uzanmanın avantajı şu ki, diye not eder Kafka günlüğüne vaktiyle, düşecek bir yer yoktur. Ama bu bir *şeyden* bağımsız olmaktır, bir şey *için* bağımsız olmak değil: Düşme kaygısından azadedir artık, ancak bu özgürlüğün neye yaramasını istediğiyle ilgili hiçbir şey söylemez. Başka bir deyişle, yere uzanmak başka bir şeyin önkoşulu değildir. Kafka'nın bir meselesi varsa, dışlanmadır bu, dışarıda bırakılma hissidir. Yabancı olma, tuhaf olma, katılmayı becerememe (ya da, özel hayatında, evlenememe) hissidir. Kafka bu dışlanma, hariç tutulma hissini kendini hariç tutma isteğine dönüştürür. Kafka'nın kahramanları, ya da antikahramanları, yalnızca nasıl dışarıda bırakıldıklarını (ki yasanın bile dışında bırakılırlar ve tanım itibarıyla yasanın herkesi kapsaması gerekir) anlatmakla yetinmediklerinde, tekinsiz bir şekilde, farkında olmadan kendilerini hariç tuttuklarını da keşfederler ve belki daha da kötüsü, bunu başkaları da fark etmez yahut da umursamazlar.

> "Büyük Yüzücü! Büyük Yüzücü!" diye bağırıyordu insanlar. X'teki Olimpiyatlardan dönmüştüm, hemen öncesinde yüzmede dünya rekorunu kırmıştım orada. Memleketimin (Orası neresi?) tren garının basamaklarında durup alacakaranlıkta ayırt edilemeyen insan kalabalığına baktım. Yanağını şöyle bir okşadığım bir kız gelip boynuma bir kuşak astı, üstünde yabancı bir dilde "Olimpiyat Şampiyonu'na" yazıyordu... Değerli konuklar! Herkesin kabul ettiği üzere ben bir dünya rekoru kırdım, ama bunu nasıl yaptığımı soracak olursanız size tatmin edici bir cevap veremeyeceğim. Gerçek şu ki ben yüzmeyi bilmem bile. Hep öğrenmek istemişimdir, ama hiç fırsat bulamadım. Öyleyse nasıl oldu da ülkem tarafından Olimpiyatlara gönderildim? İşte kafa yorduğum soru bu.

Ağustos 1920 tarihli bu pasajın bir rüyaya benzediği söylenebilir. Kafka metne esrarengiz rüya öğeleri serper sahiden: "Memleketim – orası neresi?", "X'teki Olimpiyatlar" açıklanmayan yabancı dil. Ya da, rüya değilse, imkânsız bir kahramanlık fantezinin tatmini, ergen bir oğlanın erkle ilgili, dünya yüzme rekorunu kırıp yetişkinleri ifşa ettiği gündüz düşleridir. Ya da şakadır bir tür. Ama bu şaka herkese yapılmıştır: Kazananın yanına olağanüstü bir şey kâr kalmıştır ve bunu kimse fark etmemiştir. Bu olağanüstü olay bir infial, kargaşa ya da utanç sebebi değildir. Bir tür skandal, parodi ya da düzenbazlık gibi tanınmaz. Zaten kimse tarafından tanınmış gibi de görünmez, aslında yüzemeyen şampiyondan ve biz okurlardan başka.

Bu şaka (eğer bu bir şakaysa) kahramanlığın aslında yetersizliğin sonucu olabileceğini söylüyor. Ya da sadece kaybeden olduğumuz için kazananlarımız olduğunu. Veya bir şeyde en iyi olmanın aslında onu becerememek olduğunu. Yahut da, yüzmenin veya bir yarışı kazanmanın, hatta yarışın ne olduğuna dair yanlış fikirlerimizin olduğunu. "Enine boyuna düşündüğünüzde" der Kafka, "Binici Beyler Üzerine Bir Düşünmeli"de, "bir yarışı kazanmak hiç de arzulanası bir şey değildir". Kazanmak, gerçekte olmayan bir şeyin tanımı olabilir. Varsaydığınız arzu nesneleriniz hakkında yanılıyor olabilirsiniz. Kazanmak istemek ya da kaybetmek istememek, yarışların size göre olup olmadığını düşünmeyi bırakma yolunuz olabilir.

Bir bakıma, herkes bu Olimpik yüzme finalinin ya da Olimpik yüzme finali taklidinin dışında bırakılmıştır. Bu bir final değildir, müsabaka bile değildir, çünkü kazanan yüzme bilmiyordur. Kafka şunu merak etmemizi ister: Yüzemeyen biri bu noktaya nasıl geldi? Yüzemeyici bir kenara, organizatörlerle izleyiciler yani yetkililer ve şahitler ne yaptıklarını sanıyorlardı? Modernist edebiyat dediğimiz şeyin büyük kısmında olduğu gibi, anladığımızı hissedene ya da bir anlamı olacak şekilde yeniden tanımlayana kadar kendimizi bu hikâyenin dışında bırakılmış hissedebiliriz. Bir sanat eserinin dışında bırakılmış (ya da bir sanat eseri tarafından dışarıda bırakılmış) hissine gayet alışık olsa da, Kafka bu deneyimin dahil edilmişlik hissinden daha garip olmadığını ima etmektedir. Başarılar, kazanımlar ve zaferler, Olimpiyatlarda birinci olmak gibi, insanın kendini kandırmasından ibaret olabilir. Popüler ve başarılı toplumsal olaylar insanın bir parçası olmak istemeyeceği türden şeyler olabilir ya da insan farkında olmadan bunların bir parçası olmayabilir.

Olimpiyat şampiyonu üzerine yazdıktan sonra, kendisi de yüzmeye düşkün olan Kafka bu konu hakkında bir şey daha kaleme aldı: "Ben de başkaları kadar yüzebiliyorum, ama hafızam başkalarınınkinden daha iyi, önceki yüzemezliğimi unutmuş değilim. Ama unutmadığım için, yüzebilirliğimin bana bir faydası yok ve ben hâlâ yüzemiyorum bu yüzden". Eskiden (ve şimdi) kendimizde bir yerde, yüzemediğimiz bir zaman olduğu için, daima yüzemeyen insanlarız biz. Bu hikâyeye göre, hariç bırakılmak dahil edilmekten önce geliyor daima, dışarıda bırakılmışlığımız bize her zaman musallat oluyor. Yüzemeyen kişi hep bizimle. Freud'un da formüle etmeye, şekil vermeye giriştiği soru şu: Bu eski benliklerimizle ne tür bir ilişkimiz var? Büyüme evresinde çocuklarken sosyalliğe kabul ediliyoruz ve nihayetinde yetişkinlerin dünyasına dahil oluyoruz, en azından resmi hikâye bu yönde. Ama aslında bir zamanlar yüzemiyor olmamız gerçekte hâlâ yüzemediğimiz anlamına geliyor, Olimpiyatlarda yüzücülük madalyası alsak bile.

Bu iddianın sıra dışı bir sonucu var. Romantizmin ve Freudculuk romantizminin bildik klişesine göre, bizler aslında bir zamanlar olduğumuz çocuklarız daima. Bundan çıkacak sonuç da, yetişkin olarak yaptığımız hiçbir şeyi aslında yapamadığımız. Hâkimiyet, gelişim, deneyimlerden bir şeyler öğrenmek ve öğrenmenin ta kendisi, yetişkin cinselliği ve dil kullanımı gibi, bir örtbas. Benlik heves edebilir, ama aslında erişemez asla: Hatta, belki de elinden gelen tek şey heves etmektir; bu da bütün kültürel ideal ve hırslarımızı gülünç duruma düşürür. Bir şeyi istemek ona sahip olmanın dışında bırakılmak demektir. Dolayısıyla başarı, büyümek gibi, bir inkâr biçimidir. Müsabaka hiçbir şey göstermez. Yetişkinlik düzmecedir. Yetişkinlik sizin ve diğer herkesin yüzmeyi bile bilmediğiniz halde Olimpiyatlarda yüzme madalyası kazandığınıza inanmasıdır. "Büyük bir yüzücü" der Kafka'nın biyografisini yazan Reiner Stach, "Kafka'nın imgeleminde en takdir edilesi tabirdir". Ve en takdir edilesi tabirler hem Freud hem Kafka için, her zaman ironikleşmiştir. Her zaman dışarıda bırakılırız, özellikle de dahil olmuş gibi göründüğümüzde. "Umut vardır" der Kafka, "ama bizim için değil" Asli olan şey, orada olduğuna ama bizim için olmadığına göre, bir bakıma yoktur da aslında: Tıpkı yüzücü için Olimpik bir zafer olmadığı gibi, çünkü yüzücü yüzme bilmiyordur ve bu yüzden kazanan olamaz hiçbir surette.

Bir *şeyden* özgürlüğün, bir *şey için* özgürlüğü bastırmanın bir yolu olduğunu düşünen Kafka'ya göre, dışarıda bırakılmak ne bir fırsat ne de bir yenilgiydi. Gerçek bir şeyin teslim edilmesiydi. Biri olmak, en azından modern biri olmak, insanın kendinden ve başkalarından hariç tutulmasıydı. Daha bariz bir şekilde hariç tutulanlar için, örneğin Prag gibi Yahudi düşmanı toplumlarda Kafka'nın nesli için, mevcut seçenekler asimilasyon ya da Siyonizmdi ve ikisi de dışlayıcı seçeneklerdi. Ama bir de Kafka'nın şerh düşen şu sorusu ve cevabı vardı: "Yahudilerle ortak neyim var? Kendimle bile ortak hiçbir şeyim yok benim."

Freud'un iddiası, kendimizi kendi hayatımızın dışında bıraktığımız ömürlük projeye dahil olduğumuz ve yalnızca kendimizi hariç tutarak hayatta kalabileceğimiz yönündeydi. Bilinçdışımız bizi aynı zamanda hem dahil ediyor hem de hariç tutuyordu. Freud'un kuşağının Yahudileri Viyana'da kolay asimile olamıyordu. Ama sonra Freud insan doğası olarak algıladığı şeyin, tanım itibarıyla, kendine de asimile olamayacağını ispatlamanın peşine düştü. Freud'a göre, insanlar kendileriyle mümkün mertebe az ortak noktası olmasını ister. Yahudiler Viyana kültürü için kabul edilemez olabilir, öte yandan kimse kendisi için de kabul edilebilir değildir. Freud'un nazarında insanlar, olduklarını sandıkları kişiyle kökten bir şekilde anlaşmazlık içindedir. Lacan'ın daha radikal Freud okumasıyla, "her kim olduğumuzu sanıyorsak o değilizdir".

Freud ister Oidipus kompleksi üzerine ister olumsuzlama ya da ölüm içgüdüsü üzerine yazsın, aslında kim olduğumuzun esası olarak dışarıda bırakmaktan ve dışarıda bırakılmaktan bahsediyordu. Kendimizi, kendimizi hariç tutarak yapıyoruz. Psikanalitik açıdan, bilinçdışından, bastırmadan, savunma mekanizmalarından ya da merkezinden edilmiş özneden bahsettiğimizde, arzumuzu, hissimizi, düşüncemizi dışarıda bırakmaktan ve bunların dışında bırakılmaktan bahsediyoruz. Arzulayan benliklerimizin karmaşıklığını dışarıda bırakmaktan ve bu karmaşanın dışında bırakılmaktan bahsediyoruz: Eğer ki, Freud'un meşhur örnekleriyle, kendi evimizin efendisi, kendi atımızın sürücüsü değilsek, neyiz biz? Tam da bize ait olduğunu sandığımız şeyler tarafından hariç tutuluyoruz. Freud dikkatini dışarıda bırakılmış olmaya ve dışarıda bırakılmış hissetmeye, hariç tutma ihtiyacına çevirmişti. Kendimizde ve başkalarında neyi başıboş bırakmaya meylettiğimize, cahillik tutkumuza, kendi arzumuzdan korkumuza çevirmişti gözlerini.

Öte yandan Freud işini dilde ve dille yapıyordu elbette. Ve, çoğu insanın konuşabildiğini düşünürsek, genel olarak, dilin

-dışarıda bırakılmışlığımızı anlattığımız mecranın- tümüyle dışında bırakılmamışızdır. Seçici konuşmazlıkta çocuk kendini konuşmaktan, dilin ta kendisinden, kendi tercihiyle muaf tutar. Yetişkinler olarak bizler de seçici konuşmazlarız aslında: Söylediklerimize dikkat ediyoruz. Diğer insanları sansürle dilden dışlamasak bile, onları belli tür dillerden dışlıyoruz. Başta konuşamıyoruz, sonra konuşuyoruz ve dili edinir edinmez onunla ilk yaptığımız şeylerden biri dışlamak oluyor. Öte yandan, Kafka'nın formülünde olduğu gibi, başta konuşamadığımız için aslında şimdi de konuşamıyoruz ya da Freud'un ifadesiyle, konuştuğumuzda ne söylediğimizi aslında hiçbir zaman tam olarak bilmiyoruz. Niyetlendiğimizden fazlasını söylüyor, farkında olduğumuzdan fazlasını çıkarıyoruz.

"Kolay bir iş değildir" yazar Freud 1897'de meslektaşı Wilhelm Fleiss'a:

> Kişinin kendine karşı tümüyle dürüst olması iyi bir egzersizdir. Genel kıymeti olan bir fikir geldi aklıma. Kendi vakamda da anne sevgisi ve baba kıskançlığını buldum ve artık bunun çocukluğun erken döneminin genel bir olgusu olduğuna inanıyorum... Eğer bu doğruysa, hikâyenin varsaydığı amansız kadere yönelik tüm mantıklı itirazlara rağmen *Kral Oidipus* anlaşılır bir hal alıyor... Bu Yunan mitinin yakaladığı zorlantı herkese tanıdık geliyor çünkü herkes küçüklüğünde bunun izlerini kendisinde hissetti. İzleyicilerin hepsi fantezide körpe bir Oidipus'tu eskiden... *Hamlet*'in altında da aynı fikrin yatıyor olabileceği aklımdan geçmedi değil.

Freud'un kendine karşı tümüyle dürüst olma çabasından hasıl olan ve psikanalizin kurucu miti haline gelen Oidipus kompleksinin bu erken dönem açıklamasında Freud, mitin anneyle evlenip (ve seks yapıp) babayı öldürme arzusunu içerdiğinden açık bir şekilde bahsetmez. Anne sevgisiyle baba kıskançlığı burada zararsız, hatta hüsnü tabir gibi görünüyor, hele ki sonraki tanımlarıyla kıyaslayınca. Charles Rycroft *Eleştirel Psikanaliz Sözlüğü*'nde Oidipus kompleksini şöyle açıklıyor: "Karşı cinsten ebeveyne sahip olma ve aynı cinsten ebeveyni ortadan kaldırma isteğine dayanan, büyük ölçüde bilinçdışı fikir ve hisler grubu."

Freud, görünüşe göre hiç ironi yapmadan, kendi deyişiyle "pozitif" bir Oidipus kompleksinden bahsediyordu. Bu bir de "negatif" Oidipus kompleksi olduğunu ima ediyor; burada, Freud'un sözleriyle,

> erkek çocuk babasına karşı çelişkili duygular barındıran bir yaklaşım ve annesine karşı sevgi dolu bir nesne seçimi sergilemekle kalmaz, aynı zamanda bir kız çocuğu gibi davranıp babasına karşı sevgi dolu, feminen, annesine de buna tekabül eden kıskanç ve düşmanca bir tavır takınır.

Muadili kız çocuk için de geçerlidir. Çocuk iki ebeveynini de öldürmek, iki ebeveynini de sevmek ister. Aynı cinsiyetten ebeveyni öldürüp ortadan kaldırma ve karşı cinsiyetten ebeveyne "sahip olma" arzusuyla karşı cinsten ebeveyni öldürüp aynı cinsiyetten ebeveyne "sahip olma" arzusunda, çocuğun projesi dışarıda bırakılma haline nihai bir nokta koymaktır.

Freud bunu hiçbir zaman bu şekilde ifade etmez. Ama hayatlarımızı dışarıda bırakılmanın bıraktığı etkileri ve dışarıda bırakılma öngörüsünü yatıştırıp hafifletmeye adıyor olabiliriz pekâlâ. Kayıptan korkmamızın sebebi bunun bizi birinin varlığından dışlaması: İnsanlar bizden ayrıldığında ya da daha keskin bir ifadeyle, öldüğünde, eşliklerinden sonsuza dek mahrum, sonsuza dek dışlarında kalırız. Ebediyen dışarıda bırakılmakla ilgili yapabileceğimiz en iyi şeyin yas olduğu söyleniyor, ya da belki de yapabileceğimiz, kültürel olarak en çok onay almış şey bu. Ama bu şekilde dışarıda bırakılırsak ya da bırakıldığımızda başka ne yapabiliriz? Yas tutmak, eğer ki sorun dışarıda bırakılmış olmak ya da dışarıda bırakılmış hissetmekse, insanın kendi kendine uygulayabileceği tedavilerin en kederlisi hatta en absürdü, en ümitsizi gibi görünebiliyor.

Bir de gündeliğin daha sıradan Oidipus kompleksi var. Fransız psikanalist Nicole Oury'nin sözleriyle, "çocuğun kaderi kökeninin temsile gelmez yerinin, bir babayla bir anne arasındaki arzunun da ağırlığı altında ezilir". Çocuk peydahlandığı arzunun doğasını asla gerçekten bilemez: Kendi oluşumunun dışında bırakılır. Eğer ki erkek çocuk anneye "sahip" olabilirse, annenin varlığından asla dışlanmayacaktır ve eğer babayı öldürebilirse, annenin başka hiçbir arzu nesnesi, çocuğun da hiçbir rakibi olmayacaktır. Bela Grunberger, Oidipus kompleksinin daha iyicil ve bazı açılardan daha yol gösterici bir okumasında, oğlunu annesinin yatağından dışlayan babanın çocuğun müstakbel iktidarının koruyucusu olduğunu ileri sürer: Oğlan anneyle seks yapmaya kalkışırsa fiziksel olarak aciz kalacak, dolayısıyla küçük düşecektir. Dışarıda bırakılmanın, buna dayanabilmek hatta buna bir anlam verebilmek için gerekli kaynaklara sahip olmanın ziyadesiyle gerçekçi avantajları, hatta gerekliliği düşünmeye değer.

Dışarıda bırakıldığında insan için başka bir şey mümkün hale gelir (mümkün olan ilk şey dışarıda bırakılmanın verdiği ağır ve göz korkutucu hisler olmasına rağmen; dışarıda bırakılmışlık hissi bazen sahne korkusu gibi gelebilir). Dolayısıyla çelişkili duygular barındıran dışarıda bırakılma ihtiyacı ve isteği repertuarımıza dahil olmalıdır daima. Hariç tutulma halinde, dahil edilmenin düşünülemez kıldığı başka imkânlar canlanabilir. Bir partiye davet edilmediysem başka ne istediğimi düşünmeye mecbur kalabilirim: Partiye davet edilmek, istememi benim adıma kendi yaptığı için, arzumu başka insanların davetlerine devrettiğim için risklidir. Ne istediğimizi halihazırda bilmek ya da bildiğimizi düşünmek özgürlük korkumuzla baş etmenin yolu olabilir. Dışarıda bırakılmak istememek, ne istediğimize dair çok az, ne isteğimizden nasıl kaçındığımıza dair çok şey söyler.

Freud çocuğun ebeveynin cinselliğinden kaçınılmaz dışlanışını (davet edilmediğimiz ilk partidir bu) çocuğun hayatındaki temel ve kurucu gelişimsel deneyim sayar. Dışarıda bırakılma hissine nasıl bir anlam verdiğimize bağlıdır her şey. Freud'a göre, çocuğun hayatı yokluklardan, dışlanmalardan ve sürgünlerden müteşekkil bir "birikimli travmadır": Önce anneden ayrılma, sonra ebeveynin cinsel ilişkisinden dışlanma, ardından kardeşler tarafından yerinden edilme gibi şeyler gelir. Üstüne de çocukluğun sıradan kazaları, faciaları ve hüsranları: aradığı tatminlerin, ihtiyaç duyduğu güvenliğin dışında bırakılmak, karşılanmayan ihtiyaçlar, çocuğun bütün hayatını şekillendirecek, varlığı tanınmamış kaygılar.

Kral Oidipus ve *Hamlet*'in konuyla ilgisi var, çünkü kahramanları dışarıda bırakılmış olmanın ve dışarıda bırakılmış hissetmenin birikimli ve nihayetinde trajik deneyimlerinden mustariptirler. Trajediler (Freud çocukluk deneyimlerini anlamlandırmak için hep trajedileri kullanır, asla komedileri değil) trajik kahramanın dışlanmanın çileleri karşısında kendini tedavi etme çabalarıyla ilgilidir. Sadece Shakespeare'e bakarsak, Hamlet, Othello, Lear, Macbeth, Coriolanus ve Timon'a mesela, hepsi, dışlanmışlığın belirtileri olan dayanılmaz ve ölümcül kıskançlıkların, hasetlerin pençesinde kıvranır. Trajik kahraman dışarıda bırakılmışlık hissine tepki olarak kargaşa yaratır, misilleme yapıp dışlanma problemini onu dışlayanları dışlayarak çözmeye çabalar. Robert Stoller'ın deyişiyle, "travmayı zafere dönüştürmek" isteyen trajik kahraman durumu tersine çevirmeye çalışır. Dışarıda bırakılmak trajedi şeklinde başlar ve Freud'un iddiasına göre, gelişimin ayrılmaz bir parçasıdır. Dolayısıyla, gelişimsel (ahlaki) soru şudur: Dışarıda bırakılmanın intikamdan daha iyi bir çözümü var mı? Başkalarına ve kendimize misilleme yapmayacaksak ne yapabiliriz? Eğer bana ihanet eden kadını ya da adamı öldürürsem, edilgeni etkene çevirmiş olurum: Onlar benim dışlanmamı örgütledi, ben de onlarınkini örgütlerim. Ama sevdiğim ve bana ihanet ettiğine inandığım bir kadını öldürürsem, eşliğinden sonsuza dek dışlanırım. İntikam dışlanmamı kalıcı hale getirir.

Freud çocuğun ebeveyninin cinsel ilişkisine dair fantezisi için "birincil sahne" tabirini kullanır: Çocuğun kaçınılmaz bir şekilde dışında bırakıldığı ve onu kıskanç, hasetli ve intikamcı hissettirebilen bir gizemdir bu. Laplanche ve Pontalis *Psikanaliz Dili*'nde, birincil sahne "ebeveynlerin arasındaki, çocuğun gözlemlediği ya da belli işaret ve fantezilere istinaden çıkarsadığı cinsel ilişki sahnesidir" der. "Çocuk bunu genellikle babanın uyguladığı bir şiddet edimi gibi yorumlar." Ebeveynlerinin cinsel ilişkiye girmesinin çocuğa ne kadar tuhaf, ne kadar anlaşılmaz, ne kadar "temsil edilemez" geldiğini hayal bile edemeyiz. Böyle bir şey ne görmüş ne de hayalinde canlandırmıştır. Ebeveyninin arzusuna dair bir şeyler hisseder, ama bu onu heyecanlandırsa ve korkutsa da ne olduğunu bilemez. Freud'a göre, en başta gelen dışlanmamızda çocuk, ne deneyimlerse deneyimlesin, neden dışlandığını bilmez. Yetişkinler de çocuğu nasıl dahil edeceklerini bilemezler; ya da dahil edilemeyeceğini bilirler. Çocuk o bilmeyiş halinde kendi şiddetini sahneye yansıtır ve seksi eril saldırganlık gibi algılar. (Çocuk da, psikanalist gibi, cinsellik teorisyeni haline gelir.) Bu da bize dışında bırakıldığımızı düşündüğümüz şeyle onun hayalimizdeki yansıması arasındaki farkı ayırt etmenin ne kadar güç olduğunu gösteriyor. En çok ihtiyaç duyduğumuzu düşündüğümüz şeyin dışında bırakıldığımızı hayal etmemiz muhtemel. Bana neyin dışında bırakılmış gibi hissettiğinizi söyleyin, size ne istediğinizi düşündüğünüzü söyleyeyim.

Birincil sahnenin dışında bırakılmak, merak uyandıran, bilme isteğini kamçılayan, fanteziye ilham veren şey de olabilir. Birincil sahne çocuğun alimi mutlaklığını hem ihlal eder hem de uyarır, çünkü çocuk gözünün önünde olmayanı fantezisinde bilebilir ancak. Ama bu ilk açmazla birlikte kendi güçsüzlüğünü de deneyimler: Ancak ebeveynlerinin izin verdiği kadar güçlü olduğunu anlamaya başlar. Anneyle baba seks yapmak istemediği zaman (en azından geceleri) çocuğun yataklarında uyumasına izin verirler. Bu çocuğun sahip olduğu bir güçtür. Ama, yataktan veya başka bir yerden ya da başka bir şeyden dışlandığında gücü elinden alınır. Güçsüzlük de çocukta yokluğunda neler olup bittiğine dair hayalleriyle, istediği ve korktuğu şeylerle ilgili güçlü bir fanteziyi harekete geçirir. Yani birincil sahne çocuğu temel sorularla baş başa bırakır. Dışlandığım şey ne? Şimdi ne olacak? Çocuk ya bütün icap ettirdikleriyle birlikte içeri girmeye çalışır ya da ebeveynlerinin cinsel ilişkisinin uyandırdığı güçlü duygularla başka bir şey yapmak zorunda kalır. Bu esnada, ki gelişim budur, çocuğun kendine ebeveynine yeterince benzeyen ve yeterince benzemeyen birini bulmak için en az ergenliğe kadar beklemesi gerekecektir. Ama hayatına dahil edebildiği şeyler o ilk ve biçimlendirici dışlanmalarından nasıl bir anlam çıkarabildiğine bağlı olur hep.

Freud da Kafka gibi dışlanmaktan konuşmanın yeni yollarını bulmak istedi her zaman. Avrupa'da yaşayan Yahudiler olarak -o sıralar, o şehirlerde- bunun temel bir kafa karışıklığı olması hiç şaşırtıcı görünmüyor. Öte yandan ikisi de ne özel bir muamele talebinde bulunur ne de doğrudan Yahudi geleneğinden herhangi bir metne başvurur. İkisi de dindar Yahudiler olmasa da, Yahudi olduklarının akut bir şekilde farkındadırlar; bu da göründüğünden daha karmaşık bir konum olabilir. Kafka da Freud da çoğunlukla dışarıda bırakılmakla ilgili seküler ya da sekülerleşmiş hikâyeler anlatırlar, atıfları ve anıştırmaları kendilerini eğitmeyi amaç edindikleri Batı edebiyatınadır; ebeveynlerine ve kendilerinden önce gelen kuşaklara yabancı geleneklerdir. Dolayısıyla, kendilerine ve kendi geleneklerine yabancı olana öykünmüşlerdir. İkisi de dışarıda bırakılmış olmanın ve dışarıda bırakılmış hissetmenin insanca problemler olduğunda, şimdiye kadar kimsenin dışarıda bırakılmışlık deneyiminden dışlanmadığında ısrar eder.

Ve bu dışarıda bırakılmışlık bir şeyin anahtarı gibi görünmeye başlar. "Zihninize neyin musallat olduğunu söyleyin" der André Breton meşhur sürrealist desturunda, "size kim olduğunuzu söyleyeyim". Freud da Kafka da "neden dışlanmış hissettiğini söyle, sana kim olduğunu söyleyeyim" demez ama dışarıda bırakılmışlık hissinin olduğumuzu düşündüğümüz kişinin yapıtaşlarından olduğunu ileri sürerler. Hatta kimlik denen şey bile dışlanmışlık deneyimlerimize şifa aradığımız tedaviler, dışarıda bırakılmaya çözüm mahiyetinde ürettiğimiz mamuller olabilir. Kendimizi bu dışlanmışlık deneyimleri etrafında örgütlüyor, bu deneyimlerin üstesinden gelebilmek için zihinlerimizi daraltıyoruz. Ve kimlik de, tıpkı dışlanmak gibi, bizi şiddete meyilli kılıyor.

Hamlet Freud'un mihenk taşlarından biriydi: 1907'de "Okuma Üzerine Bir Ankete Katkı"da *Hamlet*'in dünya edebiyatının "en muhteşem on eserinden biri" olduğunu söylemişti. "En sevdiğim kitaplardan biri" dediği *Yitirilen Cennet*'teki Şeytan da bunlardan biriydi. Bu paradigmatik eserler dışarıda bırakılan karakterler etrafında döner. Eleştirmen Tony Tanner bir seferinde bütün romanların zinayla ilgili olduğunu iddia etmişti. Meselenin daha da temeline inip dışlanmayı konu almayan bir edebiyat var mı diye de sorabiliriz. Ve eğer bütün edebiyat dışlanmakla ilgiliyse, niçin öyle?

Hem Hamlet'in hem de Milton'ın Şeytan'ının karakterlerini dışlanmışlıklarının oluşturduğu doğru. Veya karakterleri kabul ettiğimiz şey, ikisinin de hem cefasını çektiği hem de yarattığı dışlanmışlığa tepki olarak oluşmuş. İkisi de, çarpıcı bir şekilde belagatli, hayal güçleri zengin ve de baştan çıkarıcı figürler. İkisi de babasını, intikamı ve ölümü saplantı haline getirmiş: Aynı zamanda hem dahil edildiğimiz hem dışlandığımız şeyleri yani. Hamlet'in monologları -ki bu monologlar izleyicileri oyundaki diğer herkesin dışlandığı bir şeye dahil eder– babasının cinayetinin ve annesinin yeniden evlenmesinin akabinde Hamlet karakterinin kendisiyle kurduğu ilişkiye dairdir. Monologlarda kulak misafiri olduğumuz şey dışarıda kalmışlık (ki bu yalnızlıktır) ve bunu neyin mümkün kıldığıdır.

Milton'ın Şeytan'ı da Hamlet gibi, kendisini açmaza sokan zorlama dışlanmalar üzerine düşünceleriyle tanımlanır ve kendisini bunlarla tanımlar. Eğer Milton'ın Şeytan'ından etkilenmemize imkân tanıyan şey kendi düşmüşlüğümüz (kendi dışlanmamızsa) Şeytan'ın en dokunaklı ve dehşet verici yanlarından birinin, dışlandığı her şey karşısında duyduğu kıskançlık ve dolayısıyla takdir olduğunu fark etmeden geçemeyiz: Şeytan Tanrı'yı, Tanrı'nın oğlu İsa'yı, isyan etmeyen melekleri, Âdem'i ve Havva'yı kıskanır. Hamlet şüphe duymaya başlar, Şeytan ise şüpheciliği ortadan kaldırır. *Yitirilen Cennet*'in Dördüncü Kitap'ında Şeytan diğer meleklere şöyle der:

Hiç ümit kalmadı demek, bak, fırlatıp attığı,
Sürgün ettiği bizlerin yerine insanı yaratmış;
Yeni hazzı o; bu âlemi onun için yaratmış.
Öyleyse elveda ümit ve ümitle beraber, elveda korku,

Elveda pişmanlık. Kaybettim hayırlı olan her şeyi,
*Benim hayrım sen ol şer.**

Şeytan'ın dışlanması içindeki en kötü yanı ortaya çıkarır, ama o zaman bunu en iyi yanıymış gibi tanımlamak zorunda kalır. Korkunun hükümdarlığından kurtulduğunu ve artık sindirilmeyeceğini iddia eder. Ama tekrar tekrar veda edişindeki muğlaklık (elveda ümit, elveda korku, elveda pişmanlık) bir şüpheyi ele verir: İronik bir şekilde, veda edilebilse bile ortadan kaldırılamamaktadır bunlar. Şeytan'ın yaşadığı aşağılanmayı ve yenilgiyi rasyonalize ettiğini veya buradan bir gelecek kurmak için açmazını baştan tanımladığını söyleyebiliriz. Ya kabul edilmiş bir kayıp ve yenilgi, ya da kişiye ümit veren, can veren sil baştan bir tanım. Dışarıda bırakılmış olmak ve dışarıda bırakılmış hissetmek kişiye yeni bir tanım için ilham veriyor, bunu gerektiriyor belki de. Böyle baştan tanımlar *Hamlet* ve *Yitirilen Cennet* gibi olağanüstü kültürel mamuller yaratabildiği gibi olağanüstü bir zulmün de yolunu açabiliyor. Şeytan intikam ateşiyle yanar ama başka ne yapması beklenebilir ki ondan? Başka özelliklerinin yanı sıra, trajik kahramanlar kin güder daima. Ve en büyük önemi atfettikleri şeyden dışlanmış hissederler her zaman. Bilinçli ya da değil, Milton Şeytan'ın trajik bir kahraman olup olmadığı ya da Şeytan'ın trajedinin cefasını mı çektiği yoksa trajediyi yaratan mı olduğu konusunda kararsızdır; *Yitirilen Cennet*'in kışkırtıcı yanıdır bu. Ama Milton'ın meşgalesi dışlanmışlardır, paryadır, sürgündür: Çağdaş terimlerle ifade edecek olursak, ayrılık kaygısıdır en akut haliyle.

Düşmüşlük de elbette Yahudi-Hıristiyan kültürünün birincil sahnesidir. Dışlanmanın reddinin sebep olduğu bir dışlanma yoluyla olduğumuz kişi, olduğumuzu düşündüğümüz kişi oluruz. Âdem'le Havva Cennet bahçesinden Tanrı'nın onlara yasakladığı bir şeye erişmekten men edilmeyi reddettikleri için kovuldu. Her şey, neyin dışında bırakılmayı reddettiğinize veya neden reddettiğinize bağlı; ya da mademki dışarıda bırakıldınız, dışlanmanız hakkında ve dışlanmanızla ne yaptığınıza bağ-

* Çeviri Yiğit Yavuz'a ait. *Yitirilen Cennet,* İthaki Yayınları, 2021. (ç.n.)

lı. Mesele dışarıda bırakılmışlığınızı ve sürgününüzü nasıl yorumladığınız; Hamlet de Şeytan da durmaksızın bunu yorumluyor aslında. Hem *Hamlet*'in hem de *Yitirilen Cennet*'in bizlere gösterdiği üzere, dışlanma, insanın kendini tanıma mecrasıdır. Kimlik, dışarıda bırakıldıktan sonra neyle kaldığınız, neyle çıkageldiğinizdir: Yabancılaşmaya karşı kendi kendinizi tedavi etmenizdir. Arzulamak ve düşünmek ve sorgulamak ve hayal etmek, dışlanma faciasından sonra yaptığımız şeylerdir. Kendimizle özdeşleşmenin elzem biçimlerine gireriz o şokla. Kendimizi kendimiz ve başkaları için tanınabilir kılmaya çalışırız, sanki kimlik dediğimiz şeyin temelinde bir kimliğimiz olmaması varmış gibi. Kafka'nın ilkesine göre (gerçekten yüzemem çünkü aslen yüzmeyi bilmiyordum) aslen bir kimliğim yoktu, bu yüzden de bir kimliğim olamaz aslında. "Sen benim kim olduğumu biliyor musun?" der dışlanmış olan, kendini dışlayanlara, sonra da onlara anlatmaya ya da anlatmaya çalışmaya geçer. Ve kendine anlatmaya.

Hamlet ya da Şeytan, açmazları göz önünde bulundurulduğunda, ne hissedebilirdi, ne yapabilirdi veya ne hissetmeli, ne yapmalıydı başka? Tarih, der Hugh Trevor-Roper, "sadece olmuş olan değildir, olmuş olabileceklerin bağlamında ne olduğudur aynı zamanda". Ortaya serilen her türlü olay örgüsü diğer seçenek ve sonuçları değerlendirmeye teşvik ve davettir. Dolayısıyla dışlanmanın bizi seçimin doğasını ve menşeini düşünmeye ve eldeki seçenekleri değerlendirmeye zorladığını düşünebiliriz, tıpkı Şeytan'ı ve Hamlet'i zorladığı gibi. Bir şeye zorlanmak (dışlanmak yoluyla seçeneksiz bırakılmak) ister istemez seçim ve insan failliği meselesini gündeme getiriyor yeniden.

"Olgunluk yıllarında bir beşerin her iyi ya da kötü ameli ancak kısıtlamaların, talimatların, zorlamaların neticesiyse, erdemin anlamı ne... Tanrı Âdem'e akıl verdiğinde seçme özgürlüğü de verdi; akıl demek seçmek demek değilse ne?" der Milton *Areopagitica*'da, özgürlüğümüzün kaynağı olarak aklı savunur. Hem *Hamlet* hem de *Yitirilen Cennet* özgür irade meselesiyle, benlikte neyin sansürlenmesi gerektiğiyle meşgul olur. Hamlet, pek tabii, tereddüdüyle, şüpheciliğiyle, kendinden şüphe etmesiyle, özgür iradeye dair sualleriyle karakterize edilir. Mesele "olmak ya da olmamak" ise hiçbir şey kesin değildir. Şeytan ise, aksine, kendi özgür iradesine duyduğu kati ve pervasız inancı sayesinde bir hüküm ve dogmatik kesinlik geliştirir: Görünürde kadiri mutlak görünen bir hasma başka nasıl tepki verilir? Ne de olsa kadiri mutlaklık ve alimi mutlaklık ancak insanlar kendilerinden şüphe ettiği için işleyebilir: Bunlar, tanım itibarıyla, Tanrı'dan (ve seküler ikamesi olan zorbadan ya da faşist diktatörden) başka herkesin dışlandığı şeylerdir. Tektanrıcılığın gücü, dışlayıcı olmasıdır: Herkesin dışarıda kalma korkusunu sömürür. Tek gerçek gücü karşısındakini sindirme gücüdür.

Utancımızın bizi utandıranlarla mahrem bir ilişkide tutması gibi, dışlanmak da bizi dışlayanlarla temas halinde tutma eğilimindedir. Hamlet ve Şeytan gibi kayıplarımızı geri kazanmayı ya da sahiplenemediklerimizi yok etmeyi takıntı haline getirmeyeceksek, ne yapabiliriz? Eğer ki ödeşme isteğine ya da zafer fikrinin cazibesine yenik düşmeyeceksek, eğer ki zihinlerimizi daraltmayı, hayatlarımızı dışlanmışlık ve kayıp hissi ekseninde örgütlemeyi seçmeyeceksek ne yapabiliriz? Bu biraz, absürt bir şekilde, farklı mahluklar olsaydık neye benzeyeceğimizi sormaya benziyor. *Hamlet* de *Yitirilen Cennet* de ister istemez bize intikamın çözecek gibi göründüğü şeyin ne olduğunu sordurur. Psikanaliz bize intikamın temelde kendimize yetmekteki temel ve kurucu eksikliğimize, ömür boyu süren bağımlılığımıza düzmece bir çözüm olduğunu söyleyecektir. Bir tür sağduyu da intikamın adaletsizliğe çözüm olduğunu söyler. Ebeveynlerimiz olduğu için, (filozof Alasdair MacIntyre'ın tabiriyle) "muhtaç ve rasyonel hayvanlar" olduğumuz için, kendi icat edilişimizden dışlandığımız için, kendimizi icat etmeliyizdir. Yaşadıkları facialardan sonra Hamlet'le Şeytan'ın şimdi kim olabileceklerini, sonra kim olabileceklerini çözmeye çalıştıklarını görürüz. Dışlanma bir kez yaşandı mı, felaket kabilinden bir kayıp yaşandı mı, hikâye başlayabilir artık. Dışarıda bırakıldıktan sonra başlayabiliriz ancak. Hamlet kendini göstermekte güçlük çeker, Şeytan ise kendini böbürlene böbürlene, göstere göstere yeniden icat eder. Aynı probleme farklı bir çözüm arar ikisi de.

Hamlet yola bir dışlanmışlıklar kataloğu gibi (babasının cinayete kurban gitmesi, annesinin evlenmesi, Laertes'le Hamlet'in Danimarka'dan ayrılmak istemesi vb) koyulsa da, Hamlet'in oyundaki ilk sözlerinin, yeni kralın Hamlet tarafından hakir görüldüğü ya da dışlandığı hissine verdiği tepki olması dikkate değer. Laertes'in Danimarka'dan ayrılma talebine rıza gösterdikten sonra şöyle der kral: "Ya sen, Hamlet, yeğenim, oğlum?" Hamlet buna kendi kendine, izleyicilerden başka herkesi dışarıda bırakacak şekilde şöyle cevap verir: "Yeğenden biraz fazla, oğuldan bir hayli az."* Bu bir ilişik kesme eylemidir, Hamlet kendini yeni saraydan ve kralın emrinden muaf tutar. Kral, Hamlet'i duruma oğlu olarak dahil etmek ister, ama oğlun zaten bir babası, bu kral tarafından öldürülen bir babası vardır. Hamlet için yeni kralın talebine razı gelmek kendine ihanet etmektir. Soru şudur: Hamlet kimdir ve kim olacaktır, bu çalkantılı olaylardan sonra? Kendine bile yeğenden biraz fazla, oğuldan bir hayli az?

Hamlet kralla kraliçe çıktıktan sonra, ortadan kaybolma isteğiyle, hiç kimse olma, hiçlikten gelen hiçbir şey olma arzusuyla ilk monoluğuna başlar:

Ah bu katı, kaskatı beden bir dağılsa,
Eriyip gitse bir çiy tanesinde sabahın!
Ya da Tanrı yasak etmemiş olsa
Kendi kendisini öldürmesini insanın!

Yani oyun Hamlet'in bize sadece artık kim olduğunu bilmediğini değil, biri olmak istemediğini de söylemesiyle açılır. Babasının korkunç bir şekilde dışlanmasından sonra Hamlet kendini ortadan kaldırmak ister. Çelişkili bir şekilde, hem babasının öcünü almak hem de onunla özdeşleşmek için, babasına yapılan şeyi kendisine yapmak ister. O, burada, ona olanları kabul etmeye, katlanılmaz görünene katlanmaya çalışmaktadır. Horatio onu ilk selamladığında Hamlet şöyle cevap verir. "Hoş

* *Hamlet* çevirilerinin hepsi, birkaç küçük değişiklikle, Sabahattin Eyüboğlu'na ait. İş Bankası Kültür Yayınları, 2008. (ç.n.)

geldiniz... Aman, Horatio, sen misin? Kendimden mi geçtim yoksa?" Tanıma üzerine ve insanları iyice görme üzerine bir oyunda, Hamlet kendini kaybetmekle belli kabullere ulaşmak arasında, neyi ve kimi gördüğünü bilmekle bilmek istememek arasında kalır.

Ama sonra, babasının hayaletiyle karşılaşması Hamlet'i hemen örgütler. Tanımlayıcı özelliğini edinir: Babasını en iyi şekilde anmanın yolunu bulacak oğuldur o artık. Ama bu müphem bir kimliktir, onu kimlik fikrinin kendisi hakkında yeni keşfedilmiş bir şüpheciliğe gark eder. Sonraki ertelemelerinin ortaya koyduğu üzere, Hamlet çoğu konuda kararsız kalır. Hayalet "Sakın unutma beni" sözleriyle ayrılınca ("işlenen korkunç suçun intikamını al" demektir bu) Hamlet şöyle cevap verir:

Aklımın karatahtasından
Silerim de bütün boş anıları,
Bütün kitaplarda yazılan, çizilenleri,
Gençliğimden, gözlemlerimden kalanları,
Yalnız senin buyruğun kalır.
Beynimin defterinde, yapraklarında,
Ivır zıvır bütün bildiklerimin üstünde.

Bu, bir insanın kimlik denen şeyi, zihnini şiddet ve kinle daraltarak edinmesinin tarifidir adeta. Hamlet'le ilgili diğer her şey babasının buyruğunun hizmetinde silinip gidecektir. Kendisine karakter suikastı yapacaktır bilfiil. Kendisini babasının buyruğuna adayarak kendini katletmek istemektedir. Kimliği babasının talebiyle kristalleşmiştir. Eğer soru "Ne yapmalı?" ise, cevap şudur: Baban ne diyorsa onu yap. Hamlet bundan böyle bütün dünyasının babasını onurlandırmak ve onun öcünü almaktan ibaret olacağını söyler: Bütün deneyimi ve gelişimi (gençliğinden ve gözlemlerinden kalanlar) hükümsüz kalacaktır. Tek bir fikrin hükümdarı olacaktır o.

Hamlet artık hayatının neyin hizmetinde olduğunu, kendisiyle ne yapması gerektiğini bilir. Hayatı yaşamaya değerse şayet, tek bir şey için değerdir. Ve bütün bunları teşvik eden bir kopuş, telafi edilemez bir dışlanmadır. Öte yandan Hamlet'in oyun boyunca kendi zihninin karmaşıklığını kabul etmekle, azim ve kararlılığın baskın çıktığı anlarda bu karmaşıklığa saldırmak arasında gidip geldiğine şahit oluruz. Milton'ın Şeytan'ı gibi, Hamlet'in kimliği dediğimiz şey de gaspa karşı kültürel bir öz-tedavi olabilir: Kendimizi ancak yerimizden edildikten, yerimiz değiştirildikten ya da reddedildikten sonra biri gibi görmeye başlarız. İhanete uğradıktan sonra yani. İhanete uğramak bize, eğer böyle bir şey bizim başımıza gelebiliyorsa, bizim kim olduğumuzu sorgulatır. Burada Kafka yol gösterici olabilir yine: Aslen ihanete uğramadığıma göre, aslında ihanete uğramış olamam. Neye dönüşüp bu ihaneti mümkün kılmış olabilirim öyleyse?

Milton'ın, kendini sorgulamalardan cesaret gösterileriyle sıyrılan Şeytan'ının aksine, Hamlet ne yapması gerektiğini, kim olduğunu ve kim olmak istediğini hem bilir hem de bilmez. Dolayısıyla bu iki örnekte biri meydan okumayla, diğeri gidip gelen bir adanmışlık ve kendinden şüpheyle şekillenmiş iki benlik görürüz. İkisi de özünde intikam üzerine kurulan benlik çeşitlemeleri, gözden çıkarılmaktan doğan kindar benliklerdir. İki figür de dikkat çekici ölçüde belagatlidir: Dışarıda bırakılmak dillerini, konuşma arzularını uyarıp teşvik etmiş gibidir. *Hamlet*'ten ve *Yitirilen Cennet*'ten sonra kimlik, dışlanmanın doğru ve yanlış türlerine verdiğimiz en iyi ve en kötü tepki gibi görülmeye başlanmıştır. Dışarıda bırakıldığımızda, kimsek o oluruz ve kim olabileceksek o.

Hiçbir Şeye İnanmamak Üzerine

Bir nesneyi bulmak, aslında onu yeniden bulmaktır.

Sigmund Freud, *Cinsellik Teorisi Üzerine Üç Deneme*

I

Freud hakkında, Freud'un niçin önemli olabileceği hakkında ve şimdi, eserlerinin bizim için aslında neyin önemli olduğunu anlamamıza nasıl yardımcı olabileceği konusunda bir şeyler söylemeden önce, Freud'un yaşadığı dönemde yazılan ve bu dönemi konu alan iki roman, Robert Musil'in *Niteliksiz Adam*'ı ve Thomas Mann'ın *Doktor Faustus*'u üzerinden, kültürel tarihin kısa ve izlenimlere dayalı bir özetini çıkarmak istiyorum. Özellikle de Freud'un eserlerinin inanç meselesini, bundan böyle bir şeye inanabilirsek eğer neye inanabileceğimizi ve hepsinden önemlisi, Birinci ve İkinci Dünya Savaşlarının beraberinde getirdiği felaket boyutlarındaki kültürel hayal kırıklığının ardından ve belli ki hâlâ içinde yaşadığımız bu bilançoda, ne tür bir inancın mümkün olabileceği meselelerini nasıl ve niçin ele aldığına değinmek istiyorum.

Bu savaşların birikerek artan dehşetinden sonra, vazgeçilen şeyin insan doğasına inanma kapasitesi olduğu, dolayısıyla da inancın ta kendisinden vazgeçildiği korkusu hüküm sürüyordu. İnanç bir şekilde merakla ve meraktan duyulan korkuyla ilişkili görülüyordu; Freud da bu kanıdaydı. İngilizcedeki merak kelimesi (*curiosity*) Latince "özen" anlamındaki *cura*'dan geliyor; *SOED*'deki* tanıma göre "dikkatlilik, titizlik, doğruluk... maharet... incelik... Bilme veya öğrenme arzusu; sorgulayıcılık; küçük şeyler ya da başkalarının meseleleri hakkında çok soru sorma; bilimsel ya da sanatsal ilgi" gibi yol gösterici anlamları var. Bu tanımların her birinin psikanalizle alakalı olduğu açık (Freud'un çalışmalarının "Standart Baskı" çevirisinde *merak* kelimesinin doksan kez, *meraklı* kelimesinin ise seksen beş kez geçtiğini de not düşelim). Merak, Freud'un tüm soruşturmalarının başlangıç noktası olan çocukluk döneminin tanımlayıcı özelliklerinden biri elbette. Bir kelimenin tarihinin, halihazırdaki kullanımının ayrılmaz bir parçası olması, hem Musil'in, hem Mann'ın hem de Freud'un gereğince dikkat kesildiği bir nokta. Zamanlarından ve zeminlerinden kopmadıkları için, hepsinin eserlerine filoloji ve belki de bir filolog sıfatıyla Nietzsche musallat olur.

Burada Freud'un çalışmalarının ve psikanalizin emellerinin pek çok kültürel önkoşulundan birine, psikanalizin neyi ele almak için icat edilmiş olabileceğine; psikanalizin hem Freud'un çağdaşlarının bireysel hayatlarında hem de daha geniş çaplı kültürde neye yanıt verdiğine ve neye müdahale ettiğine dair kısa ve mecburen fazla basitleştirilmiş bir açıklama yapmak istiyorum. Ne de olsa psikanaliz, kişilere ve şeylere nasıl ve niçin değer vermeye başladığımızla, değer vereceğimiz şeyleri kendi

* *Shorter Oxford English Dictionary* (Kısa Oxford İngilizce Sözlüğü). (ç.n.)

tarihlerimizden nasıl bulup çıkardığımızla ilgili. Öyle ki inançların, içinde büyüdüğümüz kültürlerde bizim tarafımızdan bulunmayı beklediğini düşünebiliriz.

Freud'un dahil olduğu bu kısa kültürel tartışmayı, dediğim gibi, dönemin (dönemden kastım kabaca yüzyıl başından İkinci Dünya Savaşı'nın sonuna kadarki süreç) iki büyük romanının üzerinden takip edeceğiz; bunlar mekânsal olarak da Freud'un çalıştığı ve psikanalizin evrildiği civarda yazılan iki büyük roman aynı zamanda. Musil'in 1921'le 1942 yılları arasında kaleme aldığı *Niteliksiz Adam*'ı Viyana'nın adım adım Birinci Dünya Savaşı'na doğru ilerleyen bir versiyonunda, Avusturya-Macaristan İmparatorluğu'nun çöküşünde geçer (Büyük Savaş'ın arifesi olduğu anlaşılan noktada da sona erer, bunu okurlar bilir ama karakterler bilemez). Mann'ın 1947'de yayımlanan *Doktor Faustus*'u ise İkinci Dünya Savaşı öncesinde ve sırasında geçer ve savaşın bitmesiyle, Almanya'nın mağlup ve yerle bir olmasıyla sona erer. Demek oluyor ki iki kitap da, en özet haliyle, sonlarla, hatta kıyametvari sonlarla ilgili ve iki kitap da açık seçik ve derin bir ümitsizlikle sona eriyor. Bu yıkımlardan sonra hayatta kalanların neye inanmaya devam edebileceğiyle ilgili bir ümitsizlik söz konusu.

Bu yazının amaçları doğrultusunda, iki kitap da psikanalizin icadı açısından temel bağlam ve önkoşul olduğunu ileri süreceğim bu felaket kabilinden kültürel hayal kırıklığıyla ilgili olduğundan, her ikisi de sonradan yaşanacak faciaları yalnızca okurun bildiği bilgisiyle yazıldığından, okurların okuma deneyimi bu bilginin gölgesinde kaldığından, *Doktor Faustus*'u *Niteliksiz Adam*'ın bir nevi devamı, hatta tamamlanması gibi ele alacağım. (Psikanalizde olduğu gibi, Musil'le Mann'ın da ima ettiği üzere, geçmiş geleceği şekillendirse de belirlemez ve öngöremez; bunlar kültürlerin yozlaşması ve ölümü, el üstünde tutulan, hürmet gösterilen kültürel ideallerin iflasının getirdiği yas ve inkâr etrafında örgütlenmiş hikâyelerdir.)

Biz okurlar insanı altüst eden bir şey biliyoruzdur; zira, diğer pek çok şeyin yanı sıra, insan zalimliği, yıkıcılığı ve ahlaksızlığı iki dünya savaşı tarafından bütünüyle ve telafi edilemez bir şekilde ifşa olmuştur. Bu feci olayların ışığında sorulacak soru şudur elbette: İnsan doğası denen şey hakkında neye inanıyoruz, neye inanabiliriz artık? Aynı şekilde, bundan böyle neye inanabilir, neye bel bağlayabiliriz, tabii böyle bir şey hâlâ mümkünse? Daha ileri gidersek, bir tür yan etki kabilinden, Freud'un çağdaşlarından filozof Wittgenstein'ın "İnanç bir deneyim midir?" sorusunu da hatırlamak ve böyle bir yıkımdan sonra inancın ne tür bir deneyim olduğunu düşünmek gerek. Tehdit altında olan şey yalnızca dini inanç değil, inancın ta kendisiydi şüphesiz. Masaya konan soru şuydu: Bir şeye ya da birine inanır, itimat ederken aslında ne yapıyoruz? Ve Musil'in romanında inanacak hiçbir şey olmamasının, Mann'ın romanındaysa insanın çok fazla veya çok az inanmasının beraberinde getirdiği felaketi görünce, mevzu inanma kapasitemize (William James'in hatırda kalır başlığıyla "inanma iradesine") geliyor.

Unutmamalıyız ki psikanalist daima, paradoksal ve dolaylı bir şekilde, hastaya analistin söylediklerine neden inandığını sorar (tabii inanıyorsa). Duyduğumuz ilk otoriter sözler ebeveynlerin sözleriyse, hastanın başkalarının sözüne böyle bir inanç duymasının önkoşulları nelerdir? Başka hiçbir doktor türü hastanın doktora duyduğu güvenin, yardım almakla ilişkisinin, ki kurucu bir ilişkidir bu şüphesiz, analizini tedavinin bir parçası saymaz. Lacan'ın meşhur ifadesiyle, psikanalistin bilmesi gereken kişi olduğu kabul edilir. Dolayısıyla psikanaliz bizi şu soruyu sormaya davet eder: Soru buna inanıp inanmamam değil, buna *neden* inandığımsa artık, bunun yanı sıra başka hangi soruları sorabiliriz? (Filozof J.L. Austin "Diğer Zihinler" başlıklı makalesinde "'Neden biliyorsun?' veya 'Nasıl inanıyorsun?' sorularını hiç sormuyor gibiyiz" der.) İnançsız bir hayat, inanç imkânı ya da fırsatı olmayan bir hayat göze nasıl görünür, kulağa nasıl gelir? James'in başlığını kullanacak olursak, *inanma iradesi* ne tür bir problemdir?

Niteliksiz Adam'ın konusu, "romanı, Musil'in çağdaşı Freud'un fitillemiş olabileceğini" ileri süren roman yazarı Jonathan Lethem'in sunduğu faydalı özete göre:

Viyana'nın aristokrat-burjuva tabakalarının Avusturya-Macaristan İmparatorluğu'nun kuruluş yıldönümünde, ertesi yıl için planlanan Prusya kutlamalarıyla rekabet edebilecek bir kutlama düzenleme çabalarıdır. Mümkün olmadığı halde, hükümsüz kalmış bu karma imparatorluğa daha yüksek bir amaç biçme arzusundalardır... "Paralel Faaliyet" adı verilen bu hiciv ortamının üstünde Demokles'in kılıcı asılıdır; Birinci Dünya Savaşı'nın dehşetleri bütün bu gösterişçiliğin ve bayağılığın kökünü çok geçmeden kurutacaktır.

Bu absürt grup, romanda "birleştirici bir fikir" dedikleri daha yüksek bir amaç, canı gönülden inanıp destekleyebilecekleri, onları bir araya getirecek bir şey bulmaya çalışır; "mevzu" der Musil;

toplumun çıkar ayrılıkları alabildiğine büyüdüğü için kaybolan insani birliği geri kazanmaktır. Bu da günümüz insanlarının böyle büyük ve birleştirici fikirlere sahip olabilecek kapasitede olup olmadığı sorusunu beraberinde getiriyor. Komitenin şimdiye dek öne sürdüğü fikirlerin her biri muhteşemdi elbette, ama öyle büyük bir çeşitlilik gösteriyorlardı ki hiçbirinin birleştirici bir gücü olmadığı buradan bile belliydi.

Siyasi hayata ne kadar çok insan dahil olursa (ve başlarında diğerlerinden ayırt edilebilen egemenler olmazsa) birlik o kadar az mümkün görünmekteydi; dolayısıyla kitle toplumlarında mutabakat konusu elle tutulur bir muammaydı ve dönemin siyasi çözümleri, bildiğimiz gibi, faşizm, komünizm ve demokrasiydi. "Günümüzde" der romanın başkarakterlerinden Diotima, "gerçekten önemli ve büyük sayacağımız, bütün gücümüzle uğruna çalışmaya değer bulacağımız hiçbir şey var mı?" Meslektaşı ve "arkadaşı" Arnheim şöyle cevap verir: "Daha sağlıklı çağların içsel kesinliğini kaybetmiş bir dönemin işareti bu... Böyle dönemlerde bir şeyin her şeyden büyük ve önemli oluşunun billurlaşması güçleşir." Buradaki nostalji aşikâr, daha bütünleşik bir geçmiş açık bir şekilde idealleştiriliyor ama üstü kapalı bir şekilde iğneleniyor da. (Ayrıca her şeyden büyük ve önemli şeylerin billurlaşması fikri bunun doğal, organik bir süreç, öylece kendiliğinden olan bir şey olduğunu ima ediyor ve bu da pek tabii ki her şeyden büyük ve önemli bir şeyin var olduğunu ima ediyor.) Romanın antikahramanı ve başkarakteri hakkında da şöyle deniyor, "Hiçbir şeye inanmayan inançlı bir insandı şüphesiz".

Bu durum, romandaki pek çok kişinin sembolik karakterizasyonu ve kültürel bir krizin formülü haline gelir; dinin, devletin, monarşinin, aristokrasinin, hukukun, adaletin, sanatın, seksin, aşkın ve bilimin, hepsinin yetersizliği ortaya çıkmıştır. Kuşaklardır inanan insanlar, hayatları inançlarından ayrı düşünülemeyecek insanlar hiçbir şeye inanmıyordur artık. Kitabın adında hiçbir şeye inanmayan insanların niteliksiz insanlar olduğu ima edilir. Sonuçta en büyük ve en önemli şeylerin neler olduğuna dair hiçbir fikriniz yokken nasıl nitelikli olabilir ya da niteliğin ne olduğunu nasıl bilebilirsiniz? Vaktiyle bir şeylere inanan insanların, en azından Viyana'dakilerin, artık bir şeye inanmadığı ister harfiyen doğru ister tamamen yanlış olsun, Musil bizden bu olasılık üzerine düşünmemizi ister: İnançsız yahut da ölümcül bir şüphecilikten muzdarip bir birey, bir kültür ihtimali üzerine düşünmemizi ister; sanki inanmak, herhangi bir şeye inanmak bozulabilecek bir büyüymüş gibi. Mann'ın *Doktor Faustus*'u da, benim okumamla, bu noktadan yola çıkıyor.

On altıncı yüzyıldaki orijinal Faust hikâyesinde, Faust ruhunu Şeytan'a zevk ve bilgi karşılığında satar; insan böyle bir şeyi ancak kültürün hâkim değer ve zevkleri hayatı idame etmeye kâfi gelmediğinde düşünür muhtemelen. Mann'ın romanının besteci kahramanı Adrian Leverkühn de "sanatın, Şeytan'ın yardımı ve cehennemin ateşi olmadan imkânsızlaştığına" inanmaktadır. Eskinin iyisi, iyiliği, artık ilham vermemektedir; başka yerlere bakmak gerekmektedir; Milton'ın Şeytan'ının *Yitirilen Cennet*'teki ifadesiyle, "benim hayrım sen ol şer" denmektedir. Burada insanların bir şeye, örgütleyici bir fikir ya da inanca ihtiyaç duydukları varsayılır, iyi olmuyor mu, kötü de olur, yeter ki bir şey olsun.

Arkadaşı akademisyen Serenus Zeitblom'un anlattığı haliyle Leverkühn'ün hayat hikâyesi Almanya'da Nazizmin yükselişi ve nihai yenilgisiyle açık bir şekilde paralellikler gösterir; Zeitblom Nazi Almanya'sı hakkında "ampirik savaş olgusu... aslında birleşmeye duyduğumuz özlemin ve açlığın tezahürüdür" der.* Bu noktada Hitler'in, 1920'lerden itibaren Nazi partisinin Birinci Dünya Savaşı'nın kaosundan ve Weimar Cumhuriyeti'nin uğradığı feci yenilgiden sonra, utanç verici Versay Antlaşması'nın akabinde, her şeyden önce "tutarlı bir ideolojiye" ihtiyaç duyduğu konusundaki ısrarından bahsetmek yerinde olabilir. Şunu eklemekte de fayda var ki; Mann'ın ve Musil'in büyük bir hayranlık duyduğu Freud'a göre modern özne, tanım itibarıyla hem kendisi hem de başkalarıyla anlaşmazlık içinde ve birleştirilemezdir, özü itibarıyla tutarsızdır; insan benliğin rekabetçi ve çekişen kısımları arasında ve benzer şekilde bölünmüş diğer insanlarla amansız bir çatışma yaşar, bu yüzden de egemenlik, kontrol ve birlik biçimlerine, egonun evi saydığı şeyin efendisi olduğu fantezilerine kapılır. Psikanalist Christopher Bollas'ın "faşist ruh halleri" dediği şeyin sonucunda, zihin daima kendi karmaşıklığı karşısında duyduğu korkudan ötürü militan bir şekilde daralmaya meyleder. Musil'in sözleriyle, bireyin inançları "o kadar geniş bir yelpazeye" yayılıyordu ki kolektif bir politik eylem imkânsız görünüyordu. Keşfedilen, insan zihni denen şeyin akıl almaz karmaşıklığı ve çeşitliliğiydi sanki.

Freud bize zihinlerimizin bilinçdışında bu kadar üretken, farklı ve çatışma içinde olmasının bizi nasıl bir tehlikeye soktuğunu ortaya koydu. En büyük ve önemli şeyleri bilmeden, birleştirici fikirler olmadan, tutarlılıktan ödün vermeyen ideolojilerin yokluğunda ne yapılmalıdır? İnsanların ortak noktaları ne olacaktır, ortak noktalarının ne olmasını isteyeceklerdir? Kafka'yı mealen alıntılayacak olursak, kendimizle çok az noktamız varsa bunun nedeni ne? Niçin kendimizle çok az ortak noktamız var ve Freud'un psikanaliz yazılarında formüle ettiği üzere, kendimizle çok ortak noktamız olmasını istemememizin sebebi ne? Toplumsallığımıza dair bu ümitsizliğin ışığında, gerek başka insanlarla gerek kendimizle, ne tür bir toplumsallık,

* Zehra Kurttekin'in çevirisinden faydalanılmıştır. *Doktor Faustus,* Can Yayınları, 2013. (ç.n.)

ne tür bir ilişki mümkün olacak? Kendimize dair merakımız hangi noktada başlamalı?

Doktor Faustus'taki karakterlerden birinin tabiriyle "dolaysız bir varoluşsal güvenin kaybı" söz konusu. "Geçmiş çağlarda bu güven halihazırda var olan birleştirici bir düzene (bundan kastım, kutsalla iç içe geçmiş düzenlemelere) atılmalarının sonucuydu. Şeytani güçlerin karşısında savunmasız bir pozisyon [şimdiki pozisyonumuz]." Kutsallık hissinin kaybı en hafif haliyle meçhul, en ağır tabirle dehşet verici bir şeye kapı açtı. Dolayısıyla Leverkühn'ün şeytani ilham kaynağı, geleneksel iyi karşısındaki hayal kırıklığıdır; Hıristiyanlık karşısındaki hayal kırıklığı (teoloji okumayı bırakır), sanat konusundaki hayal kırıklığı (Alman sanat kültürü ve gelenekleri konusunda akut ve alaycı bir duygu karmaşası vardır), deha fikri konusundaki hayal kırıklığı (durmaksızın iğneler), siyaset konusundaki hayal kırıklığı (görünüşe göre hiç ilgisi yoktur, içinde yaşadığı siyasi rejimin barbarlığına rağmen asla yorum yapmaz), aşk ve seks konusunda yaşadığı hayal kırıklığı da cabası (özü itibarıyla izole, sevme ya da alelade bir şekilde arkadaş olma, sevecen davranma kabiliyeti olmayan biri gibi tanımlanır; roman boyunca bir kez cinsel ilişkiye girer, o da şeytani bir yozlaşmayı çağrıştıran frengi hastalığını kaptığı bir fahişeyledir).

"Niçin" diye sorar Leverkühn, "her şey kendi kendisinin parodisi gibi görünmek zorunda bana? Niçin sanatın neredeyse bütün, yo, neredeyse değil, sanatın bütün araç ve buluşları günümüzde ancak parodiye yararmış gibi?" Israr ettiği kelime "bütün"dür burada. Her şeyle alay edilebilir çünkü her şeyin iç yüzü görülmüştür çoktan, hiçbir şeyin ağırlığı yoktur, kesin surette büyük ya da önemli değildir hiçbir şey. Ciddiye alınacak ya da korunacak hiçbir şey kalmamıştır. Zeitblom bize "Leverkühn'ün geç dönem eserlerinde, sanata karşı genel tavrı olan entelektüel bir ironi... tekinsiz bir deha kıvılcımı gibi kendini gösteriyordu sık sık" der. Kinizm, ironi ve parodi; bir tür içsel üstünlük hissi Leverkühn'ün endemik bir kişisel ve kültürel ümitsizliğe karşı, modern "insan doğasına" ve sözümona kazanımlarına duyulan güvenin kaybından doğan ümitsizlik ve paniğe karşı, modern sığınakları ve kendini tedavi etme yöntemiydi.

Kabaca, Freud bir yetişkin olarak *Niteliksiz Adam*'ın tasvir ettiği dünyada yaşamış ve çalışmıştı. İkinci Dünya Savaşı'nın arifesinde Nazilerden kaçmak için Viyana'dan ayrılmış ve nihayetinde Londra'da hayata gözlerini yummuştu. Dolayısıyla, Avusturyalı olsa da, *Doktor Faustus*'ta anlatılan hikâye Freud'un kendi geçmişiyle ve Alman kültürünü tutkuyla benimsemesiyle önemli ölçüde örtüşmekte. Freud'un sonraki meslek hayatı, psikanalizin neye dönüştüğünü nihayet çözdüğü ve yazdığı yıllar, bu iki müthiş kitabın kapsadığı yıllar. Freud'un ve onun kuşağından diğer Yahudilerin, bu kitapların merkezindeki hayal kırıklıklarına ilaveten liberal kültüre ve asimilasyonun imkânlarına dair başka türlü, radikal bir hayal kırıklığıyla büyüdüğünü de unutmamak gerek. Matt Ffytche'in Freud'u konu alan yakın tarihli kitabında belirttiği gibi, "Freud'un [yirmilerinde] akademik hayattan hekimliğe kaymasının sebeplerinden biri":

> 1870'lerin sonunda hem liberallerin hem de Yahudilerin aleyhine dönen, değişen siyasi atmosferdi. 1867'nin liberal hükümeti, okul çocuğu Freud'a aklın ve ilerlemenin ebedi sesinin kanıtı gibi görünmüş olabilir, oysa öğrencilik yılları boyunca Avrupa'nın siyasi ve ekonomik haritası Almanlaşmış Yahudiler ve asimilasyon beklentilerinin bağlı olduğu liberal rejim için feci sonuçlar doğuracak şekilde yeniden çiziliyordu.

Türlü türlü hayal kırıklığı gündeme damgasını vurmaktaydı; ideallerin bozguna uğraması ve pek çok insanın o dönemki tabiriyle "kültürel çöküşten" doğan bir husumet, zamanın kültürel iklimini oluşturuyordu. Psikanalizin hareket noktası da, insanın psikobiyolojik gelişiminin biriken hayal kırıklarından oluşan bir süreç olması olacaktı elbette; özümüzde, hem kendi içimizde hem başkalarının karşısında düşmanlığa yatkın, içsel çatışmalar yaşayan mahluklar olduğumuz ve husumetin kendisinin, diğer pek çok şeyin yanı sıra, psikanalizin radikal bir şekilde yeniden tanımlayacağı bir şey olduğu noktasından hareket edecekti (keza, psikanalitik yazılarda insanların birbirlerinin eşliğinden ne kadar haz aldığına da değinilmez). Psikanalizin bakış açısında geleneksel ayrımların zayıflayıp bulanıklaşacağı göz önünde tutulacaktı; biz ve onlar yoktur, aklı başında ve deli yoktur, iyi ve kötü yoktur, ilkel ve sofistike yoktur, gerçeklik ve fantezi yoktur. Biz ve onlar yoktur çünkü Freud bizim kendi pek çok kabul ve tasvip edilemez yanımızı başka insanlara yansıttığımızı söyler. Kendimizde kabul ve tasvip edilemez olana gerçekten karşı çıktığımızı söyler. Kötülük denen şeyin –başkalarında tanık olup deneyimlediğimiz yıkıcılığın, savunmasızlığın ve ümitsizliğin– sadece düşmanda değil, (değişen nispetlerde) bizde de olduğunu ileri sürer.

Freud masumiyetin ölümünü, yalnızca çocuk cinselliği üzerinden tanımlamaz. Son kitabı *Psikanalizin Ana Hatları*'ndaki ifadesiyle,

> ruhsal açıdan normal olanla anormal olan arasında ayrım yapmanın bilimsel açıdan mümkün olmadığını kabul ettik, dolayısıyla bu ayrımın pratikteki önemine rağmen yalnızca geleneksel bir değeri var. Bu şekilde ruhun normal hayatını aksaklıklarından yola çıkarak anlama hakkını tesis etmiş bulunmaktayız.

Psikanalizin ilk zayiatı geleneksel değerler olur. Psikanaliz bize bundan böyle bizi korkutan, dehşet içinde bırakan şeyden muaf olduğumuza inanmanın verdiği geleneksel teselliyi arayamayacağımızı söyler. Bizi dağıtan şeyin suçortağıyızdır. Düşman bizim bir parçamızdır daima, düşman deyip geçemeyiz hiçbir zaman.

Diğer bir deyişle Freud, tıpkı Musil ve Mann gibi, ama farklı bir dilde, iyiliğe dair bilgimize duyduğumuz güvenin, hem tanıyabildiğimiz hem de gereğine göre yaşamayı amaç edinebileceğimiz iyiliğin kaybını tarif eder (buradaki iyilik bizim iyilik anlayışımızın ne olduğundan azadedir, psikanalizden sonra iyiyle kötü arasındaki ayrım daha az elle tutulur, hakikati daha az kendinden menkul bir hale geldi; Nietzsche'nin "iyinin ve kötünün ötesinde" bir şey olduğu mefhumu gerçek olmaya başladı sanki). Diğer bir deyişle, kültürel ideallere ve insan doğasının ta kendisine duyulan güvenin kaybıdır bu (ya da Freudyen tabirle, hem süperegoya hem de ego idealine, bunların menşeine ve zulüm potansiyeline duyulan şüphedir). Modern antropoloji ve sosyoloji disiplinlerinde modern toplumların geleneksizleşmesi ve psikanalizde uygarlık ve huzursuzlukları diye bilinen de budur. İyi olanın (ya da değerli olanın) ne olduğu konusunda ne mutabık olabiliriz ne de açık açık iyi olanı amaçlayıp koruyabiliriz. Musil, Mann ve dönemin pek çok yazarı bunun kaydını tutmaya, yazılarında bunu temsile getirmeye çalışıyordu. İyinin ya da değerlinin mahiyeti üzerine tartışılan bir şey olmaktan çıkıp var olup olmadığının tartışmaya açılması tehlikesi söz konusuydu.

Buradan çıkarılacak sonuçlardan biri, elbette ki, ancak iyinin ne olduğuna dair, en büyük ve en önemli kültürel ideallerin neler olduğuna dair bir mutabakat varsa -ki bunun için mutabakatın ne olduğuna dair de mutabakat olması gerekir- bir iyi fikrinin olabileceğiydi. Freud ve psikanaliz bu noktada devreye girer bir bakıma; psikanaliz ayrıntılı, çekişmeli ve aslında süregelen kültürel tartışmaya bu noktada katılır. Bu da Freud'un kültürel ideallerimizin, otorite hasretimizin kökenlerini ve işlevlerini yeniden tanımlaması anlamına gelir; zalimliğimizin, yıkıcılığımızın ve aynı zamanda cinselliğimizin kaynağını ve amacını baştan tanımlamaktadır. Ve elbette, en azından ilk başta, en önemli şeyin, buna katılsak da katılmasak da (bunun büyük bir şey olduğunu düşünsek de düşünmesek de) cinselliğimiz olduğu iddiasıdır; Freud'un öne sürdüğü kadarıyla, cinsellik karşısındaki direncimiz düşünüldüğünde, cinselliğimizin önemi, hatta doğası hakkında uzlaşıya varmamız pek mümkün görünmemektedir (daha skandal kabilinden ve rahatsız edici, ahlaka dair varsayımlarımızı kökünden baltalayan iddialarından biri de, kısmen aldığımız haz yasak olduğu için, kısmen bize bağımlılık potansiyelimizi hatırlattığı için, kısmen de kaldırılamaz olduğu için, çektiğimiz acı kadar aldığımız hazza da direnmeye meyilli olduğumuzdur; skandal kabilinden diğer iddiası da cinselliğin ne olduğunu bilmediğimiz yönünde).

Freud'un gözünde önemli olan cinsellik olduğundan, paradoksal bir şekilde bizi kendimize karşı bölen şey cinsellik olduğundan direnç de, ki savunma mekanizmaları diyeceği şey budur kısmen, diğer önemli şey haline gelir. Bir insanın ne olduğuna dair bu kimi açılardan devrimci tanımın altında bilinçdışı fikri yatar. Öyle ki Freud, kendisi hiçbir zaman bu şekilde ifade etmese de, Musil'in diline çevrildiğinde en büyük ve önemli şeyin bilinçdışı olduğunu, en büyük ve önemli şeyin kendimizin büyük ölçüde bilincinde olmayışımız olduğunu, yegâne sorunun, Fransız filozof Michel Serres'in ifadesiyle, "Kendin hakkında bilmek istemediğin nedir?" sorusu olduğunu ileri sürer. Bilinçdışına inanan bir toplumda yaşamak nasıl olurdu, diye sordurur bize. Bilinçdışına inanmak ne anlama gelebilir? Tanrı'ya, aşka, adalete inanmak gibi bir şey olmaz bu elbette. Kim olduğumuzdan büyük ölçüde bihaber olduğumuza, kendimizin kim olduğunu deneyimleyişimizden fazla rahatsız oluşumuza inanmak olur. Bilinçdışına inanmak, yeni, farklı bir tür inanmayı içerir şüphesiz.

Peki, ne tür bir inançtır bu ya da ne tür bir inanmayı gerektirir, inanmayı gerektiriyorsa? Kısmen, kim oluverdiğimizden ya da kim olduğumuzu düşündüğümüzden dehşete düştüğümüz, terörize olduğumuz inancıdır bu. Aynı zamanda, hazlarımızı radikal bir şekilde hafife aldığımız, eksik tanımladığımız inancı. Bunun da Musil'in ve Mann'ın içgörüleriyle tamamen tutarlı olduğu söylenebilir. "Kendini tanı" demek, Musil ve Mann için, kısmen Freud için de, kendini tanıma fikri karşısında ne kadar dehşete düştüğünü bil demek nihayetinde, kendini bilmek seni nasıl bir ümitsizliğe ve dehşete düşürüyor, bil. (Burada yanıtlanması gereken soru şu: Sorun benlik dediğimiz şeyde mi, yoksa bilme eyleminde mi?)

Ben de burada Freud'un, psikanaliz üzerinden benlik bilgisi denen şeyin, dolayısıyla da merakın değerini, amacını ve sınırlarını araştırdığını öne sürmek istiyorum; elbette Musil'in ve Mann'ın eserlerinin de ayrılmaz bir parçası bu konular. Freud'un da, bilinçdışında, malum pragmatik soruyu, William James'le Richard Rorty'nin çok faydalı bir şekilde baştan tanımladığı şu soruyu sorduğunu düşünüyorum: Benlik bilgisi elde etmek istediğimiz hayatı bize ne anlamda veriyor? Kendimizi tanıma şeklindeki geleneksel, konvansiyonel proje zamanımızı harcamanın hangi bakımdan iyi bir yolu? Benlik bilgisi bizim için ne işe yaramaz? Ve psikanalitik soruyu soracak olursak, benlik bilgisi dediğimiz şey neye karşı bir savunma olabilir? Psikanalizi bile kendimize dair neye direnmek için kullanıyor olabiliriz? Bize, değer verdiğimiz her şey konusunda çelişkili duygulara sahip olduğumuzu (bir şeye değer verdiğimizi böyle anlarız; hem severiz onu hem de ondan nefret ederiz) söyleyen Freud, bizi psikanaliz aracılığıyla, klasikleşmiş kendimizi tanıma projesi hakkındaki (hatta aslında psikanaliz hakkındaki) çelişkili duygularımızı sorgulamaya itmektedir (psikanaliz kendini kendi sorduğu sorulardan muaf tutamaz asla, bunlara bağışık olamaz).

Freud psikanaliz üzerinden hem benlik bilgisine gösterilen direnci hem de bu bilginin sınır ve sınırlamalarını, nerelerde işe yaramadığını, fark yaratmadığını keşfediyordu. Psikanaliz ona, diğer pek çok şeyin yanı sıra, meselenin kendini tanımak olmadığını, kendini tanımanın konu dışı olduğunu yahut bizzat bir savunma olduğunu gösterecekti. Benlik bilgisine duyduğumuz inanç çöktüğü zaman ve çöktüğü noktada, ya da gözden geçirildiği zaman ve gözden geçirildiği noktada, neye inanabileceğimizi ortaya koyacaktı. Benlik bilgisinin beraberinde neler getirebileceğini, eleştirmen R.P. Blackmur'ün kelimeleriyle, "mevcut gerçeklik stokuna nasıl bir katkıda bulunabildiğini" gösterdiği gibi, Freud bize kendimizi tanımanın nasıl işimize yaramayabileceğini ve bu bilginin sınırlarının neler olabileceğini de gösterdi. İnandıklarımız, kendimize dair bildiklerimizin, kendimize dair sandıklarımızın bir neticesi. Freud'un ima etmenin ötesine geçtiği soru şu: Kendimize ne kadar karmaşık olma izni verebiliriz? Sonra da şu: Teslim ettiğimiz bu karmaşıklığın ışığında, neye inanabiliriz, neye güvenebiliriz?

II

Büyük toplumlar bir noktada idare edilemeyecek kadar karmaşıklaşır.

George Monbiot, *Bu Enkazı Kaldırmak**

Ne tuhaf insanlara kaldı dünya, savaşlarla geçen bu yarım yüzyıldan sonra.

Sebastian Barry, *The Temporary Gentleman* [Geçici Beyefendi]

İnanacak hiçbir şey olmadığına inanmak da kendi çapında, neye inanılması gerektiğini ve nasıl inanılması gerektiğini bilmek gibi, bir tür alimi mutlaklık biçimi elbette. Her şeyi bilmenin ayartısı, şüpheciliğinki kadar cezbedici. Freud'un önde gelen iki takipçisinden örnek verecek olursak, Sándor Ferenczi hastanın serbest çağrışımla tedavi olmadığını, serbest çağrışım yapabildiğinde tedavi olduğunu, Lacan ise analistin kendi merakından korkmaya başladığında açıklama yapmaya koyulduğunu ileri sürdüğünde, ikisi de analistin alimi mutlaklığa, bilebileceğinden fazlasını bilmeye, bilmesi gereken kişiye karşılık bilen kişi olmaya yatırım yapmaya başvurmasından bahsediyordur. En azından bu iki örnekte, bilgi bir tür kaygının (diyelim ki bilmeme arzusuyla ilgili kaygının) tedavisidir sanki. Hasta serbest çağrışım yapabildiğinde, yorumlamaya ve açıklamaya yalnızca sınırlı bir ölçüde tabi olan, akıl ermez bilinçdışına erişim sağlıyordur. Yorumlama ve açıklama, en iyi ihtimalle analistin kapsayıcı işlevinin bir parçası, en kötü haliyle de, bütün üretkenliği, izi sürülemez avareliğiyle, Deleuze ve Guattari'nin meşhur tabiriyle "arzulayan bir makine" sıfatıyla bilinçdışına yönelik caydırıcı bir darbedir.

Bu imge akan, dağılan ve çoğalan bir şeye karşılık kesintiye uğrayan, baştan tanımlanan ya da formülleştirilen bir şeyi temsil eder. Bu tür imgeler söz konusu olduğunda, romantizmin fazla basitleştirilmiş ve sert bir tezatla Aydınlanma'nın karşısına konduğu bayatlamış versiyonuyla, akışkanı sabitin, açığı kapa-

* Çev. Cem Alpan, Everest Yayınları, 2018. (ç.n.)

lının, hareketliyi abidevinin üstünde tutup idealize etmek çok kolay elbette. Romantik Freud'dan ve Aydınlanma Freud'undan bahsetmek belli açılardan mantıklı olsa bile, Freud'un yazılarında hangi noktada durmak -bir şeye nokta koymak- istediği ama bunu beceremediğini ya da çok da istemediğini fark ettiği de daima dikkate değer bir husus; özellikle de Freud'un gözünde psikanaliz projesi sınırsız merak olasılığıyla alakalı olduğu için. ("Hakikate susamışlığıyla" der Lacan XI. Seminer'de, "Freud, hakikate susamışlığıyla 'nereye gitmem gerekirse oraya gitmeliyim' der, çünkü bir yerde bu bilinçdışı kendini gösterecek").

Bu durum Freud'un çalışmalarında ampirik bilim karşısındaki ara ara ortaya çıkan, ayrıntısına inmediği şüpheciliğiyle kendini belli eder en çok. "Psikanalitik çalışmamız süresince" der 1913'te, "biyolojik değerlendirmelerden uzak durmayı ve önümüzdeki psikanalitik olguları tarafsız bir şekilde değerlendirirken bizi yanlış yönlendirmemeleri için bunları bulgusal amaçlarla kullanmaktan sakınmayı gerekli bulduk". Burada psikanalitik olguların biyolojinin ampirik olgularından farklı olduğu ima edilmektedir. Biyoloji nedenselliğin ampirizmine sadakatiyle bir şeyleri açıklamamıza yardımcı olabilir ama ampirik gerçekliğe sadakatiyle serbest çağrışımın hezeyanına engel de olabilir. "İster anatomik, ister kimyasal ister fizyoloji cinsinden olsun" yazacaktı Freud 1916'da, "psikanaliz kendini kendine yabancı her türlü hipotezden muaf kılmalıdır".

Psikanalizi biyolojik değerlendirmelerden de, kendisine yabancı anatomik, kimyasal ve fizyolojik hipotezlerden de muaf tutarsak, psikanalizle ilgili ya da psikanaliz için geçerli ölçütler neler olabilir, ne tür hipotezler psikanalize yabancı değildir? Freud psikanalizin bir bilim olması gerektiğinde, başka hiçbir şey olamayacağında ısrar etse de, burada önemli olan psikanalizin açıkça bir bilim olduğu ya da tanınır ve geleneksel bir bilim olduğu iddiası değildir. Freud için mesele psikanalizi kimin değerlendirmesini istediği sorusudur her zaman.

Freud'un *Otobiyografik Bir Çalışma*'daki meşhur ifadesiyle, "O dönem de, hayatımın ileriki yıllarında da hekimlik kariyerine özel bir ilgi duymadım. Beni harekete geçiren şey bir tür meraktı, ama bu merak doğal nesnelerden ziyade insani meselelere yönelikti". Yani öncelikli amacı insanlara şifa vermek, onları tedavi etmek -doğal nesneyi, yani insan bedenini bilen bir doktor olmak- değildi. Freud bu tuhaf ve enteresan ayrımla doğal nesnelerin aksine insani meselelere merak duyduğunu ileri sürüyor. Doğal nesnelere alternatif ya da bunların aksi haliyle insani meselelerin neler olduğunu düşünmeye teşvik ediyor. Vurgunun merak üzerinde olduğuna, dolayısıyla ampirik bilgi üzerinde olmadığına dikkat etmek gerek. İnsani meselelere ilgi duyan ama doğal nesnelerle ilgilenmeyen bir merak ne menem bir şeydir? Darwin'in fikirlerinden şaşmayan Freud'a göre insanların doğaüstü bir yanları olamaz, insana dair doğal olmayan bir şey olamaz. Dolayısıyla, dile dökmeye uğraştığı bu muğlak ve kışkırtıcı ayrımlarda Freud için çok önemli bir şey olduğu açık. Belli ki Freud için psikanaliz, bilimsel bilginin ve insan ızdırabını hafifletme isteğinin yolu kesmesine izin vermeksizin insani meselelere merak duyabilmenin yoluydu.

Freud'un burada sunduğu haliyle psikanalizi sınıflandırması, hatta açık bir tanımını yapması bile zordu; ama onun, kurucusunun nazarında, psikanaliz merakla ilgiliydi. Yani özünde, bilgiden, hatta tedaviden ziyade, merakla ilgiliydi. Başka şeylerin yanı sıra (Ferenczi ve Lacan'dan yaptığım alıntılara dönecek olursak) bilginin, bilme iradesinin de meraka karşı bir savunma olabileceği, iyileştirme ve iyileştirilme isteğinin merakın önlenmesi anlamına gelebileceği söz konusuydu. Bu bağlamda merak temel bir insani mesele; ama özcülükleri bozmaya, dağıtmaya meylettiği için değil, bilinmeze, potansiyel olarak bilinemeyene meylettiği için.

"Cüretkâr ve dizginsiz hayal gücü Freud'u daima heyecanlandırırdı" diyordu Ernest Jones abidevi, yarı-resmi biyografisinde, "...kendi doğasının da nadiren serbest bıraktığı ayrılmaz bir parçasıydı bu... Denetimsiz hayal gücünü başkalarında görünce kendine engel olamazdı". Psikanaliz ve Freud'dan sonraki psikanalistler bunun meraka mı yoksa bilgiye mi dayalı bir meslek olduğu, özünde tedavi mi yoksa keşif mi olduğu konusunda ikiye bölündü; meraklılar, kâşifler, asla bir yer bulup yerleşmezler; bilgili olmaya ve insanlara yardım etmeye hevesli olanlarsa fırsatını bulduklarında yerleşmek ister. Başka bir deyişle, merakın bilgiye kapı açtığını söyleyemediğimiz durumlarda, merakın meraka kapı açtığını söyleyebiliriz. Sonuçlara değil, başlangıçlara varmak istediğimizi, J.B. Pontalis'in müthiş otobiyografisinin başlığında olduğu gibi, psikanalizin başlangıç aşkıyla ilgili olduğunu söyleyebiliriz.

Freud, psikanalizin düzensiz aracılığıyla, bilime, dine, siyasete, psikanalize inanmanın, hatta hiçbir şeye inanmamaya karşılık meraka inanmanın ne anlama gelebileceğini sorar. Meraka inanıyorsanız neye inanıyorsunuzdur? Serbest çağrışıma kesin inanıyorsunuzdur bir kere, açıklamaya ise ancak çelişkilere düşerek inanıyor olabilirsiniz; hezeyana inanabilirsiniz ama netliğe, açıklığa inancınız çelişkili olabilir ancak. Psikanalizin başlangıcına dönersek, Freud cinsellikle ve cinselliğin ruhsal hayatımızdaki yeriyle meşgul olmaya başladığında, çocuğun merakının, hem cinselliğe hem de diğer her şeye dair merakının kökeni ve maksadıyla da ilgilenmeye başladı. (Merakın en başta cinselliğe duyulan merak olduğu, sonra yer değiştirerek cinselliğe dair olmayı sürdürdüğü inancı, Freud'un merakı bilinen bir nesne ya da hedefle sabitleme ve engelleme isteğinin ilk örneklerinden biridir; burada dikkat çekici olan şey Freud'un fikre bağlılığı değil, meraka dair çelişkili duygularıdır.) Daha önce de bahsedildiği gibi, çocuklukla ilgilenmek kaçınılmaz olarak merakla ilgilenmek demektir. Çok az şey bilen (ve ampirizmleriyle tanınmayan) çocuklar had safhada meraklıdırlar. Freud'un hareket noktası, insani meselelere duyulan merakın ta kendisi, kurduğu yeni disiplinin konusu, aracı ve amacı haline gelir.

Psikanalist her şeyden önce merak eden, merakı merak eden kişidir; psikanaliz de yardım etmekten ziyade meraka dayalı bir meslek olabilir ama bu ikisi arasındaki bağlantıları ortaya çıkarmaya da isteklidir. Psikanalist bilmesi gereken, haklı olması gereken, inanılması gereken biri değildir. Psikanalist, diğer pek çok şeyin yanı sıra, böyle şeyler günümüzde garip bir şekilde kulağa modası geçmiş gelse bile, dirençleri analiz eden kişidir. Analiz edilmesi gereken de meraka gösterilen dirençtir. Direnç (daima ve yalnızca) meraka gösterilir. Freud çektiğimiz acı konusunda yeterince meraklı olmadığımız için acı çektiğimizi ileri sürer (ve psikanalizin amaçlarından biri de hasta olduğu söylenen kişiyi çektiği acıya ve hatta aldığı hazza dair meraklandırmak olmalıdır). Kendimize ve başka insanlara dair neye inandığımızı ve neye inanmadığımızı yeterince merak etmiyoruz. Bu yazının başlığına dönecek olursak, inanmamak da inanmak kadar merak uyandırmalı diyebiliriz. Freud'un dikkatimizi çektiği şey budur. İnanç ve inançsızlığa, hatta inanmayı becerememeye karşı meraklı olmamızı ister. Kendi çağının sıkıntısına dair bir meraktır bu. Ve bizim çağımızın. Ve dediğim gibi, Freud'a göre bu, çocuğun cinselliği merak etmesiyle ve cinselliğe duyulan merakın neyin merakı olduğuna dair varsayımlarla başlar. Ve neden önemli olabileceğiyle.

III

> Bilime duyulan kör inanç, dünyaya dair tehlikeli bir merak yoksunluğuna, dünyayı tanımanın zorluğunu takdir edememeye sebep olur.
>
> Iris Murdoch, *Against Dryness* [Kuruluğa Karşı]

Bebekler ve küçük çocuklar iştaha ve rahata inanıyor ve güveniyormuş gibi görünür ve en azından başlangıçta, ebeveynlerine ya da onlara kim bakıyorsa onlara da inanıyor ve itibar ediyor gibidirler. Açlığa inanmaktan ve güvenmekten bahsetmek kulağa tuhaf geliyor; yetişkinler olarak sekse, aşka ya da romantizme inanmaktan bahsetmek o kadar tuhaf gelmiyor olabilir gerçi. Bir insanın, diyelim ki sekse inandığını iddia eden bir insanın sekse inanmanın neye inanmak anlamına geldiğini açıklaması ilginç olabilirdi. Veya sekse inanmanın sekse ne kattığını anlatması. Mesele inancın neyi meşrulaştırdığına ya da neyi haklı çıkardığına geliyor; sanki bir şeye ya da birine inanmak, güvenmek bir tür izinmiş gibi. İnancın önkoşulları ne olursa olsun, sonuçları her zaman kayda değer. İnançtan söz ederken bir şey doğruymuş, dolayısıyla da istediğimiz hayatın temellerinden biriymiş gibi yaşamaktan bahsetme eğilimindeyizdir. Freud'a göre, çocuğun inanıyor gibi göründüğü bir diğer şey (açlıktan, esenlikten ve bunların bağlı olduğu ebeveynden başka) merakıdır. "Uygarlıkla birlikte vücudun giderek daha çok gizlenmesi" der 1905 tarihli *Cinsellik Üzerine Üç Deneme*'de,

> cinsel merakı uyanık tutar. Bu merak cinsel nesnenin gizli yerlerini ortaya çıkararak onu tamamlamaya çalışır. Ancak bu (...) sanat yönüne saptırılabilir (yüceltilebilir) ... Çocuktaki bilgi edinme içgüdüsünün umulmadık kadar erken bir dönemde ve şiddette cinsel sorunlara bağlandığını ve aslında başlangıçta bu sorunlarla uyarıldığını öğrendik.*

Freud, çoğunlukla, bebeklerin nereden geldiğine dair gerekli ilgiyi yeni (gaspçı) bir bebeğin doğumunun canlandırdığını ve erkekle kadın bedenleri (özellikle de cinsel organları) arasındaki farkı algılamanın çocuğu bilgi ve idrak arayışına teşvik ettiğini ileri sürer. Ama Freud'un altını çizmek istediği iki nokta daha vardır: Birincisi gizlemenin merak uyandırdığı, ikincisi de anlamlı bir şekilde "bilgi edinme içgüdüsü" ve sanat yönüne "saptırma" diye tabir ettiği şeyin ilk olarak cinsel sorunlarla harekete geçtiği, çocuk için cinsel sorunların cinsel gizemler ve ilginçlikler demek olduğudur. Freud'un hesabına göre, çocuğun ruhsal açıdan hayatta kalması cinselliğe duyduğu meraka, cinselliğin iç yüzünü mümkün mertebe anlamaya ne kadar istekli olduğuna bağlıdır adeta. Çocuğu geleceğe hazırlayan şey, psikobiyolojik gelişiminin elzem bir parçası mahiyetiyle, neredeyse hiç abartısız, cinselliğe duyduğu meraktır. Geleceği, merakını giderme arzusunun tatmin edilmesidir. Çocuk onu harekete geçiren merakın tedavisi niteliğinde bilgi biçimleri olduğuna inanır ayrıca. Bilgi meraka çare gibi görünür; oysa Freud'un ima ettiği üzere, çocuğu ayakta tutan şey, eğer ki taşıyabilir ve dayanabilirse, meraktır belki de. Doğru türden bilgi daha çok merak uyandırır, meraka nokta koymaz.

Freud, tabiri caizse bir Aydınlanmacı olarak, bilgiye inanır; ama bilginin merakın ölümü anlamına gelebileceğini ve arzu-

* Selçuk Budak'ın çevirisi kullanılmıştır. *Cinsellik Üzerine Üç Deneme*, Öteki Yayınevi, 1997. (ç.n.)

muzun aldığı biçimler arasında hayatı en çok destekleyenin merak olabileceğini de gösterir aynı zamanda. Bir an durup düşününce psikanalitik ve psikolojik dediğimiz bütün semptomların; histerinin, saplantının, fobilerin ve kâbusların diğer başka mahiyetlerinin yanı sıra, meraka yönelik saldırılar, merakı sabote etme ya da önleme çabaları olduğunu anlarız. Öte yandan Freud, benzer bir mantıkla, cinsel fantezinin bir tür inanç olduğunun, çocukların hayatın sözde gerçekleri onlara anlatıldığında (üremeye dair biyolojik gerçekleri öğrendiklerinde) Freud'un benzetmesiyle Hıristiyanlığa döndürülen "ilkel" kabileler gibi, "gizli gizli eski idollerine tapmaya" devam ettiklerinin de altını çizer. Kadınlarla, erkeklerle ve bebeklerin nereden geldiğiyle ilgili kendi cinsel teorileri bu ampirik gerçeklere bir süre daha baskın çıkar. Diğer bir deyişle, çocuklar da yetişkinler gibi merakları konusunda son derece çelişkili duygulara sahiptir; hem bilmek isterler hem de bilmek istemezler.

Bu örnekte Freud bizi inançlarımızın; genellikle en sıkı şekilde bağlı kaldığımız inançlarımızın, ırksal, cinsel ve sınıfsal önyargılarımızın örneğin neyi bilmemenin yolu olduğu üzerine düşünmeye davet eder. El üstünde tuttuğumuz inançlarımız bizi neyi bilmekten ya da kabul etmekten koruyor? Freud'a göre çocuğun bilmek istediği ve bilmek istemediği şey annesiyle babası arasındaki cinsel farklar, aralarındaki cinsel ilişki ve kendi ensest arzularıdır. Ama Freud'un yazılarını bize rüyaları okumayı öğrettiği şekilde de okumalıyız; yani rüyanın ön plana çıkardığı ya da vurguladığı noktalardan aşırı etkilenmemeli, az vurgulayarak neyi gizlediğini fark etmeliyiz. Dolayısıyla bu örnekte Freud'un cinsellik üzerindeki vurgusuna daha az önem verip çocuğun merakını cinsellikten bağımsız bir şekilde daha çok ciddiye alabiliriz. Freud bizi çocuğun merakının nesnesinin cinsellik olduğuna ikna ederek merak olgusuna ilgimizi azaltmaya meyleder ("Asıl ilgilendiğimiz şey seks, merak değil!" dermiş gibi. Merak sekse ulaşmamız için bir yoldan ibaretmiş gibi).

Cinsellikle ilgili önermelerini çok ciddiye alabilsek, belki almamız gerekse de, Freud'un bu önermelerle şunu ifade ettiğini de düşünebiliriz aynı zamanda: Öyle şeyler vardır ki, kendimizi bunlardan gizlemek ve kendimizden gizlenmek için inançlarımızı ve inanışımızı kullanırız (bunlar sadece halihazırda bilinen, mesela psikanalizin biriktirdiği bilgiler değildir). Freud bize aslında neyi merak ettiğimizi anlatarak merakımıza vakıf olmaya niçin bu kadar hevesli olabileceğimizi gösterir. Örneğin asıl meselenin cinsellik olduğunu söyleyerek henüz bilmediğimiz ve bilmek isteyebileceğimiz şeylere dair kaygımızı yatıştırır; ayrıca bize cinsellik ve bağımlılık konusundaki bol keseden kaygılarımız konusunda da yardım edebilir. Peki, niçin Freud? Çünkü Freud, modern hayatın saklambacının nasıl işlediğini ve saklambacın hayatlarımızı tanımlamanın canlandırıcı bir yolu olabileceğini gösterir. Ve bu saklambaç, hayatlarımızı tanımlamanın başka yollarını merak etmemize ve saklambaç oyununun neden bu kadar ilgi çekici bir resim haline geldiğini merak etmemize neden olabilir.

Böylece, bir noktada, Musil'in *Niteliksiz Adam*'ında ve Mann'ın *Doktor Faustus*'unda resmedilen inanç eksikliğimiz veya inanç aşırılığımız ve fanatizmimiz konusundaki merakımızı neyin köreltiyor olabileceği sorusuyla baş başa kalıyoruz. İki kitabın da, çok haklı sebeplerle, merakın mağlubiyetiyle ve günümüzde hayatı ayakta tutan, canlandırıcı bir merak biçiminin mevcudiyetine dair bir ümitsizlikle ilgili olduğu söylenebilir. Freud'un çalışmaları, her halükârda – doğal olarak sonuçları bilmenin, neyin önemli olduğunu önceden bilmenin hiçbir yolu olmasa da– merakımızı merak etmemiz gerektiği noktasından çıkar yola. Psikanaliz aracılığıyla bize gösterdiği üzere, biz de yola merakımızla, ahlakımızla ve bunlara duyduğumuz merakla çıkarız (merakımızla ahlakımızla çatışsa da aynı zamanda alttan alta birlikte çalışır). Ve yine Freud'un ima ettiği gibi, merak olmadan inanç, ölüm içgüdüsünün aldığı biçimlerden biridir. Merak yoksa inanç insanı köreltir. Ve belki de mesele budur zaten.

Sansürün Hazları

I

Bir şey ihtilaf konusu olmaktan çıktığında ilgi konusu olmaktan da çıkar.

William Hazlitt, *The Spirit of Controversy* [İhtilaf Ruhu]

Kafka'nın "Tapınaktaki Leoparlar" meseli başarısız bir sansür olduğu söylenebilecek bir eylemle başlar, bu başarısız sansür eylemi çok çabuk bir şekilde yeni ve tuhaf bir mertebeye yükselir; görünürde barışçıldır ama şiddetli bir devrime yakın bir şey olur. Başlangıçta yasak olanın ya da daha ziyade, hiç olası olmadığı, hiç beklenmediği için yasaklanmasına bile gerek olmayanın zaman içinde, kademe kademe, izin verildiği, kabul edildiği ve hatta kutsandığı sıra dışı bir dramadır bu. Ve hepsi bir cümle içinde cereyan ederek bize dilin zamana, sanatın ahlaka neler yapabileceğini gösterir: "Leoparlar tapınağa saldırıp kutsanmış şarapları içiyor; bu sürekli yineleniyor, sonunda öngörülebilir bir hale geliyor ve ayinin bir parçası oluyor."*

Bu bir ilerleme mitiyse eğer, neyin ilerleme addedildiği, ilerlemenin ölçütünün ne olabileceği açık değil. Yetkililerin, yani sansürcülerin de (ki meseldeki en önemli insanlar onlar belki) adı asla geçmez (yetkililerin anonimliği ve tekinsiz gayri şahsilikleri Kafka'nın daimi meşgalelerinden biri elbette). Diğer bir deyişle, meseldeki muğlaklıklar kesindir; çıkarılan şeyler bize soru sordurur, boşluk doldurtur, kafa yordurur.

Yabancı bir şey, dışarıdan bir şey, hiçbir şekilde öngörülemez ve öngörülmedik bir şey ayini istila eder ve yinelene yinelene ayinin bir parçası olur (yineleme her derde devaymış gibi; yineleme yoluyla her şeye adapte olabilirmişiz gibi; güçlü bir uyuşturucu veya büyük öğretmen olarak alışkanlık ve ritüel). Leoparlar amansızdır ve doymak bilmez; uzak tutulamaz, kutsanmış şarapları içip bitirirler ve ayine katılanlar leoparların yapacaklarını öngörebilir hale gelince bu acayip ihlale razı olurlar. (Psikanalitik dilde ifade edersek, leoparları kendi kadiri mutlaklık alanlarına getirebilince uzlaşırlar: Leoparları öngörmek, alışkanlık geliştirmek, onları kontrol etmek demekmiş gibi; kadiri mutlaklık olup biten her şeyi kendi eserim, kendi eylemim saymaktır; dolayısıyla bu bir eziyet değil, öyle ya da böyle bir tercihtir; bana dayatılandan zevk aldığım bir tür mazoşizmdir.) Leoparlar, bizim okuduğumuz kadarıyla, niyetlerinin ötesinde kullanılmış, hatta belki sömürülmüştür; amaçları, herhalde, dini bir törenin parçası olmak değil, yalnızca içki içmektir. Ve ayin, ayini tehdit edebilecek şeyin, kendisine dahil edilmesiyle dönüşmüştür; zenginleştirilmiştir de belki, ama kesinlikle durdurulmamıştır.

Dediğim gibi bu, başarısız bir sansür eyleminin neticesidir; yetkililer leoparlardan kurtulamaz ya da kurtulmak istemezler. Leoparlar Yahudi, Hıristiyan ya da basitçe, alışık olduğumuz rutinleri tehlikeye attığını hissettiğimiz her neyse o olabilir

* Çeviri Osman Çakmakçı'ya ait. Kafka, *Aforizmalar*, İş Bankası Kültür Yayınları, 2020. (ç.n.)

(olumsal, anormal, esrarengiz, yabancı olabilir). Adaptasyona dair Darwinci bir mesel, asimilasyon hakkında dini bir mesel, kolonizasyon üzerine ya da kültürel değişimin ironik absürtlükleri üzerine seküler bir mesel de olabilir bu pekâlâ. Ama bu dönüşümün gerçekleşmesi için sansürcülerin (statükonun yargıçlarının, koruyucularının, muhafızlarının) görevlerini yerine getirememesi ya da görevlerinden feragat etmiş olmaları gerekir ve meseli anlatanın olanlara dair bir değer yargısında bulunmaması da dikkat çekicidir. Bu hikâye, sebebi her ne olursa olsun, sansür mekanizması görünürde işlemediğinde, sorun çıkaranı görmezden geldiğinde ya da bununla gizliden gizliye işbirliği yaptığında neler olduğuyla ilgilidir; rahatsızlığımızla başa çıkabilmek için kaçınılmazlık veya zorunluluk yahut da savunmasızlık fikrini nasıl kullanabileceğimizle ilgilidir. (Leoparlar tapınağa ilk kez girdiğinde ve sonraki seferlerin her birinde ayine katılanlardan olduğunuzu hayal edin: Yetkililer ya da leoparlar hakkında ne hikâyeler anlatırdınız? Ayine katılanlar birbirine ne anlatırdı?) Sahnelendiği haliyle, meselin ibaret olduğu tek cümlede (Gerçekte ne kadar sürdüyse tabii, günler mi, haftalar mı, aylar mı, yıllar mı yoksa?) leoparların ayinin bir parçası haline gelmesi düpedüz kaçınılmaz görünmektedir; oysa ayini sabote etmiş gibi görünmeleri gerekirdi; ama bu tahribat var olanı yeniliyor adeta, beklenmedik olan, beklenmedik bir şekilde, istila eder gibi göründüğü şeye bir şey katıyor, zenginleştiriyor ya da; belki bunun o kadar da, insanın olacağını sandığı kadar da büyük bir sorun olmadığı ortaya çıkıyor. İhlal, yalnızca cefası çekilmek yerine, kullanılıyor. Meselde leoparlar yüzünden ayinden ödün verildiği ya da ayinin heba olduğu ima edilmediği muhakkak.

Kafka'nın açmazı, "Kendimle bile hiçbir ortak noktam yokken başka Yahudilerle ne gibi bir ortaklığım olabilir ki?" cümlesini yazabildiği aşırı kuralcı ve yargılayıcı dünyası düşünülürse, kurallar ve yargılar işlemediği, içinde yaşadığı ve çalıştığı dünya bir şekilde dönüştüğü takdirde hayatının neye benzeyeceğini merak etmesi şaşırtıcı değil belki de. Ayinlerin (rejimlerin) ne kadar dayanıklı olduğunu, ne pahasına neleri içine alacağını merak etmiş olması da muhtemel. Biyografi yazarı Reiner Stach'ın sözleriyle, Kafka'nın Prag'ında

> göze çarpan, aşikâr bir gözetim sistemi vardı daima. Kolaylıkla tespit edilebilen, elinde defterle dolaşan bir devlet memuru olmadan tek bir toplu etkinlik yapılamaz, tek bir tiyatro oyunu oynanamazdı. Ne kadar önemsiz ve zararsız olursa olsun, sansür memurlarının onay damgası olmadan tek bir gazete, afiş, broşür basılamazdı.

Her zaman ve her yerde olan bu sansürü, Kafka'nın içinde yaşadığı atmosferi ve hâkim değerleri düşündüğümüzde, kendilerine yeni bir içecek bulmalarının haricinde bu (sansüre takılmayan) leoparların başına ne geldiğine dair hiçbir şey söylenmediğine de dikkat etmeliyiz kanımca. Leoparların yaptığı şey, içgüdüsel hayatlarındaki becerikliliğin kanıtı; ayine katılanların yaptığı şeyse kültürlerinin ne kadar sağlam olduğuna bir kanıt. Çağdaş bir klişe değilse bu eğer (içgüdüyle zenginleşen kültür, kültürün vahşiyi, ilkeli barındırması gerekmesi) ne hakkındadır bu mesel? Yırtıcı olan, kutsal olanı ne kadar şekillendirir? Sorgusuz sualsiz kabul ettiğimiz törenlerimizin kaçının böyle bir tarihi var yahut da?

Eğer bu başka şeylerin yanı sıra sansüre dair de bir meselse, sansürcülerin ne istediğini ileri sürüyor? Bize sansür işi hakkında, belli şeyleri, belli eylemleri yasaklama ya da engelleme işi hakkında ne düşündürüyor? Sansürün yaratıcılığı bastırdığını mı düşünmemiz gerek yalnızca? Sansürün yeniliğin düşmanı olduğunu, yeniyi caydırmak istediğini, yeniliğe ve büyüleyici uzlaşmalara alışmaktan, bunların tadını çıkarmaktan, misal, leoparların güzel ve amansız vahşetlerinin tadını çıkarmaktan alıkoyduğunu mu düşünmeliyiz? Sansürcülerin esas itibarıyla engel teşkil ettiğini, bu yüzden de örneğin diğer pek çok şeyin yanında, mesellere getirdiğimiz yorumları düzenlemek istediklerini, önden her şeyin hesabını kitabını yaptıklarını mı düşünmeliyiz her zaman? Ne de olsa Kafka'nın bu isabetli meseli, tanım itibarıyla, tabiri caizse, dahil etmekle ve dışarıda tutmakla ilgili, neyi (ve kimi) neden dahil etmek istediğimizle, neyi (ve kimi) niçin dışarıda tutmak istediğimizle ilgili törenlerimizin arasına girmiş durumda.

Kafka'nın burada "ayin/tören"* dediği şey bizim kimliğimiz diyebileceğimiz törene atıfta bulunuyor olabilir ya da eğitim dediğimiz törene (veya okuma pratiklerimize) yahut da ilişkilerimize atıfta bulunuyor olabilir; öte yandan Kafka'nın metninin bu çevirisinde ayin/tören dini ritüelle, siyasi bir terfi töreniyle ya da evlilikle bağdaştırılma eğiliminde (aslında, geçtiği ortama ve kutsanmış teçhizata bakılırsa, görünürde dini bir mesel olduğu açık). Öte yandan kendimizi organize etme, hayatlarımızı ritüelleştirme biçimlerimizin tümü törendir. Bir mesele yaraşır şekilde, çağrışıma ve yoruma açık bir kelimedir bu; tıpkı "tapınak" kelimesi ya da "önden hesap kitap yapmak" gibi, ama "Tapınaktaki Leoparlar" başlığı, manidar bir şekilde, böyle değil.

Çağrışıma ve yoruma açık kelimeler tam da sansürün kendini korumaya çalıştığı şeydir. (İnsan sansürcülerin mesel yazıp yazmadığını merak ediyor veya bir sansürcünün hangi edebi türü tercih edeceğini: Komediden ziyade trajediyi tercih ederler sanki.) Diğer bir deyişle, sansür önden hesabı kitabı yapılan bir dünyaya işaret eder (kehanet kisvesi altındaki istek ve iradenin tezahürüdür bu); neyin tapınak olduğunu, neyin olmadığını, neyin kutsanmış şarap olduğunu, neyin olmadığını bildiğimiz bir dünyaya delalettir. Böyle bir dünyada tapınakta leoparların olması mümkün değildir. Sansürcüler bize hangi fedakârlıkların yapılmaya değer olduğunu, neyin hesabının kitabının önden yapılması gerektiğini söyler; sansür, başka ne olursa olsun, önden hesap kitap yapmak demektir daima ve daima kendinden bir adım önde olmaya ihtiyaç duymaktır. Sansürcüler başarısız oldu mu bir şeye kapı açılır; leoparlar tapınağın dışında tutulsaydı şayet, ortada ne bir mesel olurdu ne de meselin davet eder gibi göründüğü sayısız yorum.

Öte yandan, ayine leoparları dahil etmek başlı başına çok zekice bir sansür olabilir elbette. Ne de olsa ayin varlığını hâlâ

---

* *Ceremony* kelimesi, meselin çevirisinden hareketle yer yer "ayin" yer yer de "tören" şeklinde karşılanmıştır. (ç.n.)

sürdürmektedir. Sansür mekanizmasının muhafazakâr olması, bir şeyi muhafaza etmesi beklenir. İsyankârlar, diye not düşer Sartre, isyan etmeye devam edebilmek için her şeyi aynı tutan insanlardır; devrimciler ise dünyayı değiştirirler. Bu bakımdan, ayinin isimsiz muhafızları -tapınağı koruyan sansürcüler- devrimciden ziyade isyankârlara benzer şüphesiz. Görünürde çarpıcı yeniliklere izin verirken, değişimi var olanın devamı gibi göstermenin yollarını bulurlar; şeylerin aynı kalmasını sağlamanın en iyi yolu onları değiştirmektir adeta. Başka bir deyişle, sansürcüler en büyük önemi atfettikleri şey uğruna, en büyük önemin atfedildiği şeyin ne olduğu asla beyan edilmese de (ve ne olduğunu belki sansürcüler bile bilmese de) son derece açık ve uzlaşmacı olabilirler. Yani sansürcülerin kendilerine ait felaket fantezileri ve ne pahasına olursa olsun korunması gereken şeylere dair belli fikirleri vardır. Sansürcü olmaları boşuna değildir.

Iris Murdoch'un filozoflara sormamız gerektiğini ileri sürdüğü soruyu sansürcülere sormamız gerekiyordur belki de: Neden korkuyorsunuz değil soru yalnızca, neyi seviyorsunuz? Sansür fikrinin psikanalizin önkoşulu olduğunu, sansür fikri olmadan psikanalizin anlaşılır bir yanı olamayacağını düşünen Freud'un sorduğunu anlamadığı soru da budur. Eğer ki bizler en başından beri sansürlenmiş ve kendini sansürleyen mahluklarsak, bizi şekillendiren sansürcülerimiz bizim için ne istemektedirler? Eğer sansür bir sevgi biçimiyse -ki görünürde ilk sansürcülerimiz ebeveynlerimiz olsa da, sapkın bir sevgi biçimidir kimi zaman- sansürcülerimiz bizi sansürlerken neyi sevmektedir? Dünyaları onlar tarafından sansürlenmediğinde neye benzer?

II

> ... bir kültürün bir olasılığı dışarıda tutması, o olasılığın kabul edilmesi için kültürün değişmek zorunda olması, kültürün varlığını sürdürmesinin o dışarıda tutma haline bağlı olduğunu gösterir.
>
> Derek Attridge, *The Work of Literature* [Edebiyat Eseri]

Kabul edilemez şeyler kategorisi olmadan, yani sansür olmadan, siyaset ve dinin yani toplumsal örgütlenmenin hiçbir biçiminin mümkün olamayacağı açıktır. Dolayısıyla Freud'un psikanalizinin sansüre dayandığını söylerken çok da bir şey söylemiyor olabiliriz aslında. Söylediğimiz şey, Freud'un "ruhsal hayat" dediği şeyin seçici ve cezalandırıcı olduğundan, kendimize dair bilmemize izin verdiklerimizin daima nezaret altında olduğundan ve sıkı bir şekilde denetlendiğinden ibaret olabilir. Eğer ki modern soru, Michel Serres'nin kısmen Freud'un da etkisiyle ifade ettiği üzere, "Kendim hakkında bilmek istemediğim nedir?" ise, bu bilmeme projesini, bu bilinçli cehaleti sürdürmenin ne kadar çok çaba, ne kadar büyük bir disiplin, özen ve itaat gerektirdiğini de teslim etmeliyiz. Neyi bilmemeniz gerektiğini bilmek için epey bir şey bilmeniz gerekir. Ve eğer bir şeyi bilmek istemediğinizi biliyorsanız, en azından o şeyin ne olduğuna dair bir hissiniz olmalıdır. (Bir şeyi bastırmak ya da inkâr etmek için onu önce tanımalısınızdır.) Yani Freud'un neyin söylenmeye değer olduğunu ve kime söylenmeye değer olduğunu, toplumsal alana, müşterek dünyaya neyin kabul edileceğini, neyin yasaklanacağını, neyin neden tehlikeli olduğunu bilir gibi görünen (leopar görünce tanıyan) kişiye sansürcü demesi tesadüf değil; aslen Roma vatandaşlarının malının mülkünün hesabını tutan, vergiye bağlayan ve vatandaşların davranışlarının ahlak kurallarına uyup uymadığını kontrol eden sulh yargıcının titridir bu. Vatandaşlardan hesap soran ve vatandaşların hesabını tutan kişidir sansürcü. Ve vatandaş, vatandaş olabilmek için öyle ya da böyle -sansürcünün refakatinde olmak zorundadır daima (sansür demek asla yalnız kalmamanız demektir ve bu durum iki taraflı işler pek tabii).

Freud'a göre sansür -sonradan süperego diyeceği şeyin habercisi- hazla acı, iyiyle kötü, hakikatle yalan arasında ayrım yapabilmek için estetin katı ahlakçılığıyla gümrük memurunun aşırı dikkatli görev bilincini birleştirir. Sansürcü bize, belirsizliğe mahal bırakmayacak şekilde, kabul edilebilirle kabul edilemez arasındaki farkı anlatır (psikanalist Charles Rycroft sansürcüden süpergonun atası diye bahseder; Freud'a göre de süperegonun daha zalim, daha göz korkutucu ve Lacan'ın deyişiyle daha müstehcen yanını sansürcüden miras alırız). Ahlak konusunda niçin bu kadar dogmatiğiz peki? Çünkü, derdi Freud, ne düşünmemiz, ne hissetmemiz ve ne yapmamız gerektiğini (ve öyle yapmazsak, neticelerini) mutlak bir şekilde biliyor gibi görünen *daemonik* bir figür bizi ele geçirmiştir. Bir yerlerde birileri doğruyla yanlışın arasındaki farkı biliyor olmalıdır; neye inandığından emin ahlakçılar değilsek kendi zihinlerimizin karmaşıklığına katlanmak zorunda kalırız. Kültüre tamamen uyum sağlamış bütün insanlarda olduğu gibi –tapınaktaki leoparları sorgulamadan kabul eden herkes gibi– hayatlarımız bize "doğal" görünebilir, az çok normal, yani sil baştan tanımlanmasına gerek yokmuş gibi gelebilir. Ne yaptığımızı biliyorsak, hangi noktada olduğumuzu biliyorsak eğer, sansürcü ve torunu süperego işini yapmış demektir. Dolayısıyla "Tapınaktaki Leoparlar"ın normalleşmeye dair bir mesel olduğunu söyleyebiliriz. Sansürcü bize normal olmanın ne demek olduğunu ve normalden sapmanın cezasını söyler. Normallik ikinci doğaya dönüşür. Hatta doğaya dönüşür doğruca.

Normatif olmayan bir hayatın (norm iddialarının olmadığı bir hayatın) mümkün olmadığı açık; bu yüzden soru, kişinin hangi normları niçin tercih ettiği sorusuna dönüyor. Beğendiğimiz normlar için verebildiğimiz geçerli sebepler ve neyin geçerli sebep sayıldığına dair kriterlerimizi dile dökmek oluyor mesele. Sansür, Freud'un hem söyleyip hem de göstereceği üzere, olmak istediğinden daha karmaşıktır daima. Sansürün başarılı olması için itiraz edilemez olması, yeterince etkileyici ve göz korkutucu olması gerektiği aşikâr. Her türlü yargının cezalandırıcı olduğunu ima eder Freud. Her türlü hakikat iddiası zafercidir.

Öyleyse, lafı dolandırmadan, psikanalizin sansüre dayandığını söyleyebiliriz; sansür mefhumu olmadan teorik sistem tutarsız kalır (sansürün gerekliliği ve kaçınılmazlığı, hayatı onsuz tanımlayamayışımız bile kendi içinde önemli). Ama sansürün ta kendisinin sansürlenebileceği (sansürün değişikliğe tabi olduğu, kendinden başka bir otorite tanıyabileceği, değişimi kendisinin arzulayabileceği) ihtimali olmadan, siyasi hayat bir kenara, psikanalitik tedavi bile beyhudedir (psikanalizin ufuk açıcı düşmanları Deleuze ve Guattari *Bin Yayla*'da "deneylemenin" daima "sansür yahut bastırmayla karşı karşıya kaldığını" öne sürer ve "yorumlamanın yerine deneylemeyi koymayı" önerir). Öte yandan, psikanalitik açıdan bakarsak, sansür paradigmatik söz edimidir; bir şeyi kabul edilebilir kılma ihtiyacı, kabul edilemezin kontrolünü, baskısını gevşetme ihtiyacıdır. Ama eğer, John Forrester'ın ismiyle müsemma kitabı *Truth Games*'te [*Hakikat Oyunları*] dediği gibi, "psikanaliz daima suçlama söylemini keşif söylemine tabi kılıyor" ise, geleneksel olarak algılandığı haliyle ahlaki imgeleme bu kadar ters düşen bir şeyi nasıl başarmaktadır? Kabul edilemez olanla, onu suçlamaktan, günah keçisi yapmaktan, tahliye etmekten, ortadan kaldırmaktan başka ne yapabiliriz? Nazik, halden anlayan, hayal gücü farklı çalışan bir süperego mümkün müdür? Kafka'nın "Tapınaktaki Leoparlar"da hayal ettiği şey bu muydu? Leoparların şiddetli ve yıkıcı bir öfkeyle değil, misafirperverlikle karşılanması mı? Bir skandal mahiyetiyle değil de bir komedi gibi. Kafka, Philip Roth'un yorumuyla, müthiş bir *sit-down** komedyeniydi.

Değişime ilgi gösterebilmek için sansürcülerin, değişimin ta kendisinden başka neyi sevmesi gerekir? Sansürcülerin geri çekilmesine ne sebep olabilir? Zevklerimiz nasıl değişir, değişmelerini neden isteriz? Freud'un söylediği ve bu temel kültürel tartışmaya kattığı şey bilinçdışımızda içsel otoritelere itaat ettiğimizdir. Ama buna itaat demeyiz, tercihlerimiz deriz, önyargılarımız deriz, inançlarımız, kanaatlerimiz, kanıksadıklarımız, hafife aldıklarımız, söylemeye bile gerek olmayan zatenlerimiz deriz. Freud neye rıza gösterdiğimizin de, razı oluşumuzun da bilincinde olmadığımızı söyler (efendilerimin benden ne istediği ve benim adıma ne istediği konusunda açıklama yapmaktansa, *işte ben de böyleyim* diyebilirim). Freudyen hikâyeye göre, sansür bizim başlangıç noktamızdır. Hayata sansürcülerimizle birlikte ve sansürcülerimizle ilişkimiz temelinde başlarız (do-

* İng. Oturmak. Stand-up komediye tezatla kelime oyunu yapılıyor. İngilizcede *stand up*'ın ayakta durmanın yanı sıra karşı koyma anlamı da var. (ç.n.)

layısıyla gelişim, sansürcülerimizle ilişkimizin, başkalarının uyguladığı ve kendi kendimize uyguladığımız sansürün tarihi şeklinde tanımlanabilir).

En etkili sansürün görünmez ya da sessiz bir sansür olması mantıklıdır elbette; bu sansür kendini sansür gibi sunmaz asla, yetiştirilme tarzı veya çevre diye sunar (*aslında seni sansürlemek istiyorum* demek isterken *seni seviyorum* diyebilirim mesela). Bu konuda paranoyaklaşmamız gerekebilir de, gerekmeyebilir de (paranoya akut sansür kaygısıdır) ama her halükârda sansürün bizim hem mecramız hem de projemiz olduğunu kabul etmek bize yol gösterecektir. Sansür başköşeye geçmedikçe, der Freud, kendimize ya da hayatımıza dair tüm tanımlarımız ne anlaşılabilir ne de faydalı. Psikanaliz sansürcülerimizi tanımaktan başka bir şey değil.

III

> Sansür mekanizmalarının çöküşüyle ve dini konularda hoşgörünün tesis edilmesiyle o vakte dek ancak gizli gizli fısıldanan bir spekülasyon selinin serbest kalması çok da şaşırtıcı değil.
>
> Christopher Hill, *The World Turned Upside Down* [Dünya Altüst Oldu]

Freud sansür kavramını ilk kez 1987'de Fleiss'a yazdığı bir mektupta kullanır. "Yabancı bir gazetenin Rus sınırından geçtikten sonraki halini gördün mü hiç?" diye sorar.

> Kelimelerin, cümlelerin, koca koca paragrafların üstü karalanıyor, geriye kalan şeyden hiçbir şey anlaşılmıyor. Psikozda da böyle bir Rus sansürü vuku bulur, geriye ilk bakışta hiçbir anlamı olmayan hezeyanlar kalır.

Burada sansür tümüyle görünürdür, üstü karalanmış pasajlarda dikkati kendi üstüne çekip size, eğer ki çözebilirseniz, sansürcülerin yabancıların tam olarak neyi bilmesini istemediğini gösterir. Sansürün bu versiyonunda sansürlenen materyal sansürlenmeyen materyali anlamsız kılar. Freud da bunun psikozda görülen ve ilk bakışta anlamsız gelen hezeyanlara benzediğini ileri sürmektedir. Psikozdaki proje, sansürün bu versiyonunda olduğu gibi, anlamsız bir şey yaratmaktır adeta (ya da sonraki analistlerden Wilfred Bion'un deyişiyle, "anlama saldırılmaktadır"). Anlamsızlıkta bir sığınak, bir tür haraç karşılığı koruma, bir emniyet vardır. Sansür, halihazırda var olan ve sansürcülerin tehlikeli bulduğu bir tutarlılığa ve anlaşılırlığa yönelik bir saldırıdır. Freud'un akıl hastalıklarının en ciddi biçimini, psikozu, sansürün hem sebebi hem de sonucu olarak görmesi de dikkate şayan.

Kısacası sansür devleti ve bireyi hem korur hem de onları kayba uğratır. Laplanche'la Pontalis'in "belli kuruntular yaşayan, görünürde absürt karakter" dediği şey sansürün bir sonucudur; öyleyse sansür bir şey yapmanın yolu da olabilir (sansürcü ideolog değil de sanatçı olsaydı, "Şu ya da bu kısmı karalasam bu nasıl görünür ya da kulağa nasıl gelir?" diye sorardı). Freud'un deyişiyle, Rus sansürcülerin, tıpkı psikotikler gibi, yalnızca "görünürde anlamsız" bir şey yarattığını söyleyebiliriz. En basit haliyle, Rus sansürcüler başkalarının bilmesini istemedikleri şeyler, insanları dışında tutmak istedikleri kelimeler ve cümleler olduğuna işaret ediyor.

Öyleyse, en başından beri, Freud akıl hastalıkları diye tabir edilen rahatsızlıkları sansürle bağdaştırmaktadır; sansürü de, anlama saldırılarak kurulan türden bir anlamla. İç dünya dediğimiz şeyi tarif etmek için siyasi analojiler kullandığı açık: Psikoza dair bir şeyi anlamak istiyorsanız Rus haber ajanslarındaki sansürün nasıl işlediğinizi bilmeniz gerekir. Şunu da ekleyebiliriz ki, içsel sansür, bireyin kendine sunup durduğu (kendisiyle ilgili) haberleri denetlemek üzere işbaşındadır hep. İç dünya bir haber kaynağıymış gibi; içimizde sürekli bir şeyler olup duruyormuş ve biz kendimize çok anlaşılır olmamalıymışız gibi.

Öte yandan Freud gündelik hayatta işleyen sansürü de biliyordur elbette; tıpkı rüyalar ve semptomlar gibi, toplumsallığın da nasıl sansüre dayandığını anlamıştır. Öyle ki, üzerine düşündükçe, sansürün çok fazla şeyi açığa vurduğunu ima etmeye başlar. Şöyle der *Rüyaların Yorumu*'nda:

Rüyadaki sansürle benzeşen sosyal yaşamda duyguların bastırılmasının ya da dönüşümünün öncelikle insanın kendini başka türlü göstermesine hizmet ettiğini biliyoruz. Aslında düşmanca duygular beslediğim ama saygılı olmak zorunda olduğum bir kişiyle konuşurken, düşüncelerimi yumuşak ifade etmekten ziyade duygularımı ondan gizlemeyi tercih ederim. Onunla saygılı konuşurken nefretimi ve küçümsememi bir bakışla ya da hareketlerimle belli etmem, bu duygularımı hiç sakınmadan yüzüne haykırmamdan farklı bir etki yaratmayacaktır. Demek ki sansür öncelikle duygularımı bastırmamı söylüyor. Eğer kendimi başka türlü göstermekte ustaysam, öfkeleneceğim yerde karşıtı duygularla numara yapıp gülümser, söz konusu kişiyi öldürmek isterken ona sevecen davranırım.*

Bunu Yahudi düşmanı bir kültürde asimilasyon sıkıntısı yaşayan bir Yahudi'nin açmazı gibi okumak işten değil; hoş karşılanmayan bir göçmenin ödediği bedelin ve göstermesi gereken yaratıcılığın hikâyesi olabilir pekâlâ. Elindeki en işe yarar silah, aynı zamanda zırhı, kendine sansür uygulama ve kendini başka türlü gösterme kapasitesi. Göçmenlerin, başka her ne yapmaları gerekiyorsa, aynı zamanda iyi rol yapmaları, iyi oyuncular olmaları gerekir. Ve oyuncuların usta sansürcüler olduğu söylenebilir. Rollerinin gerektirmediği bütün sözleri sansürlemek zorundadırlar. Öte yandan oyuncuların kendilerini sansürlediğini ya da kendilerini sansürlemek için dramatik eylemlere giriştiklerini düşünmeyiz elbette. Freud hayatta kalma kapasitesinin kurnazca bir öz-sansüre bağlı olduğunu ima eder. Ama muhtemelen, tapınaktaki leoparlar misali, kendimizi başka türlü göstermelerimize o kadar alışırız ki o hallerimize dönüşürüz zaman içinde; bu haller kişinin kendisi olma ayininin ayrılmaz bir parçası olur. Freud böyle bir şiddetin, şiddetli bir bastırma gerektirdiğini ileri sürer; "eğer kendimi başka türlü göstermekte ustaysam" der, "öfkeleneceğim yerde karşıtı duygularla numara yapıp gülümser, söz konusu kişiyi öldürmek isterken ona sevecen davranırım". Bu da sansürcüyü hayatta kalma dâhisi kılar. Burada bir kez daha ima edilen, sansür olmazsa kolay kolay kontrol edilemeyecek bir şiddetin baş göstere-

* Çeviri Dilman Muradoğlu'na ait. *Rüyaların Yorumu*, Say Yayınları, 2014. (ç.n.)

ğidir. Eğer çocukların istediklerini yapmalarına izin verirseniz, demişti vaktiyle Anna Freud, şiddete meylederler. Eğer yetişkinlerin istediklerini söylemelerine izin verirseniz, seksten bahsederler. Sansür olmadan yaşanabilir bir toplum mümkün olamaz. Yine de, Freud'un gayet açık bir şekilde ortaya koyduğu üzere, sansürü mümkün kılan şey de sansürcülerin şiddetidir. Sanki kendi şiddetimizi ve cinselliğimizi kullanmanın en iyi yolu şiddete ve cinselliğe şiddetli bir sansür uygulamakmış gibi: Öfkeleneceğim yerde gülümser, öldürmek isterken ona sevecen davranırım.

Burada Freud'un hikâyenin dışında bıraktığı, değinmediği şey, hepimiz bu numaraları, bu hileleri öğrendiğimizde sosyalliğe ne olacağı meselesidir. Sevecenliğin caniliğe kılıf olabileceğini varsayarsam insanlarla nasıl ilişkilenirim? Freud "sansür öncelikle duygularımı bastırmamı söyler" dediğinde, sansür benim kendi failliğim dahilinde bir fail oluverir ve tıpkı bir oyuncu koçu gibi bana belli şeyleri yapmamı, belli şeyleri yapmamamı söyler. Ama şurası kesindir: Duygular bastırılabilir, yerleri değiştirilebilir, tersine çevrilebilir, ama yok olmazlar. Freud'un hesabına göre, sansürcü şu olduğumuz kişiyi, özünde olduğumuz kişiyi idare etmemize yardımcı olur ancak. Sansürcü bizi toplumsallığın makul biçimlerine girmemiz için yetiştirir, eğitir, sindirir; birlikte ne yapmamız gerektiğini ve nasıl yapmamız gerektiğini söyler. Psikotiğin, tıpkı sıradan bir sosyalliği olan nevrotik gibi, sansürcüsüne ihtiyacı vardır. Ama öyleyse, geriye gide gide şunu sormak zorundayız: Sansürcü ne ister? Görünüşe göre biz sansürlenmek istiyor, zaman zaman sansürlenmeye ihtiyaç da duyuyoruz, ama sansürcünün ihtiyaç duyduğu ne?

"Sansürün doğasında" der Freud *Rüyaların Yorumu*'nda, "yasak malzemeden gerçek olmayanları gerçek olana tercih etmek vardır". Ya da gerçek olanı ortaya çıkarmak için gerçek olmayanı kullanır. Dolayısıyla, Freud'un bakış açısıyla, rüyaların yasak arzuların (çocuğun arzularının) kılık değiştirmiş temsilleri olduğu düşünülürse, rüyaları sansürcü mümkün kılar, sansürcü yapar. Bu hikâyede sansürcünün iyi bir yalancı ve iyi bir rüyacı olması gerekir (ya da iyi bir sanatçı – "Rüyalarında herkes sanatçıdır" der Nietzsche). Ama Freud'a göre sansürcü her şeyden önce yasak arzunun muhafızı, hazlarımızın koruyucusu ve sürdürücüsüdür. Rus sansürcü bildiğimiz anlamda baskıcıdır, ama Freud'un sansürcüsü tam tersidir burada; ya da daha ziyade, Freud'un sansürcüsü arzunun serbest kalması için kılık değiştirtir, başka türlü gösterir, yalan söyler.

Sansürcümüzün mahareti sayesinde, rüyalarımızda kendimize yasak arzularımızı temsil edebilir, kendimize bunları bilme izni verebiliriz. Freud'un sansürcüsü, paradoksal bir şekilde, keyfimize bakmamızı ister; yasak arzularımızı bilinebilir hatta gerçekleştirilebilir kılmanın yollarını bulmak ister. Sansürcü ironi yapmayı sever, kılık değiştirme ustasıdır çünkü iletişime inanır; Freud gibi sansürcü de kendimizi kendimize ve başkalarına bilinir kılabileceğimize inanır. Aynı şekilde, sosyalliğimizin de muhafızıdır, çünkü keyfimizin muhafızıdır. Nietzsche'nin sanatın biz hakikatten telef olmayalım diye var olduğunu anlatan meşhur aforizmasını şu şekilde yeniden yazabiliriz: Hakikat (ya da sanat) bizi telef etmesin diye sansür var. Sansürcü bilir ki (bunu Freud da biliyor gibi görünmektedir) arzumuz bizi tehlikeye atar ama aynı zamanda bizim için gerçekten önemi olan tek şey odur (Freud daha da ileri gidip, kulağa ne kadar absürt gelse de, arzumuzun hayatta kalmaktan daha önemli olabildiğini ileri sürecektir).

Freud sansür figürüyle yeni bir tür ikili ajan yaratmaktadır. "Aradaki sınırda" -bir sınır daha- der *Rüyaların Yorumu'nda*, sansür

> sadece uygun gördüklerinin (bilince) geçmesine izin verir ve geri kalan her şeyi engeller. Öyleyse, yaptığımız tanım itibarıyla, sansür tarafından reddedilenler bastırılmış haldedir. Belli koşullar altında ki bunlardan biri de uykudur, bastırılan şey engellenemez olur. Öte yandan sansür hiçbir zaman tamamen ortadan kalkmadığı, sadece azaldığı için, bastırılan malzeme rencide edici yanlarını hafifletecek birtakım değişikliklere tabi olmalıdır... Bastırma -sansürün gevşemesi- bir uzlaşmanın ortaya çıkması demektir; bu da yalnızca rüyaların değil, diğer pek çok psikopatolojik yapının oluşumundaki temel örüntüdür.

Sansürcü kadiri mutlak değildir, gevşer; yasak arzuların temsilleri üzerinde gerekli değişiklikleri yapar ve şifrelediği rüya ve arzular bilincin sınırını geçer (insanız işte, içimiz geçiyor: "Uyku hali sona erdiğinde," der Freud, "sansür bütün gücünü yeniden toplar"). Belli ki sansürcü bastırmanın tarafındadır, yasak malzemenin tarafındadır (aşırı katı değildir, işini gönülden yapmaz; yani sansürcüyle yasak arzu arasında bir işbirliği vardır). Taviz verildiği için, birey arzusundan taviz vermemiş olur.

Şöyle devam eder Freud başka kılığa bürünme meselesinden bahsederken,

> Rüya çalışmasını açıklamak için kurduğumuz hipotezde, "daemonik" şeklinde tanımlayabileceğimiz bir unsurun rol oynadığı gerçeğini başka bir kılığa sokmak için sebep yok... Anlaşılmaz rüyaların oluşumu, ikinci bir kişiye bağlı olan bir kişinin bu ikinci kişinin kulağına hiç hoş gelmeyeceği kesin olan bir yorum yapmak zorunda kalması gibi vuku bulur; rüyada çarpıtma ve sansür kavramlarını bu benzetme temelinde bulduk.

Zor, *daemonik* ve kabul edilemez şeyleri rüyayı gören kişi adına rüya söyler. Freud'un sansürcüsünün, bir anneden çok da farklı olmayan bir şekilde, rüya gören kişinin kırılgan yanlarına karşı son derece duyarlı olduğunu, rüya görenin de kendisiyle ilgili *daemeonik* görünen her ne varsa bunlarla kolay kolay baş edemediğini söyleyebiliriz. Sansürcü en kabul edilemez şeyleri ilginç, şaşırtıcı ve düşünülebilir hale getirir. Rus sansürcü ileri gelenlerin temsil ettiği haliyle devleti umursuyor olabilir, ama Freudyen sansürcünün umursadığı şey bireyin esenliği, ruhsal açıdan hayatta kalmasıdır. Yine bir anne gibi, rüya görenin rüyasının ve hayatının kâbusa dönüşmemesi için çalışır. *Daemonik* malzemenin fazla rahatsız edici olmasını engelleyerek rüya görenin uykusunu korur; travmayı bir sürprize, hamlık ve ısrarcılık raddesinde dolaysız bir şeyi rüyada görülebilecek bir şeye dönüştürür. Sansürcü ikili bir ajan olmasıyla –hem bireyin yasak arzularının hem de güvenliğinin tarafında olmasıyla– bireyin yaşamını neredeyse gerçek anlamıyla yaşanabilir kılar.

Freudyen sansürcünün isteği (Freud bunu hiç söylemeyerek başka kılığa soksa da, tıpkı yeterince iyi bir annenin isteyeceği gibi) bireyin hayatının yeterince keyifli olmak suretiyle yaşanabilir olmasıdır. Freud, sansürü tanımlarındaki ruhsal simyayla kısıtlayıcılığı üzerinden özgürleştirici kılar. Ama Freud'un sansürcüsünün Winnicott'un güven verici yeterince iyi anne figüründen çok daha alengirli bir tip olduğunu da fark etmemiz gerek. Freud'un sansürcüsü bizden keyfimize bakmanın yollarını bulmamızı ister; buradan hazzı ve güvenliği ille de sevmese bile bunların sansürcünün en çok önem verdiği şeyler olduğunu çıkarabiliriz (şunu da eklemek gerek ki Freud'un sansürcüye hiçbir zaman cinsiyet atfetmemesine rağmen eril olduğu farz edilmektedir). Ama Freud'un sansürcüsü, aynı zamanda, *Rüyaların Yorumu*'ndaki pasajların açıklık getirdiği gibi, kendini başarılı bir haz arayışının gerektirdiği maharete ve kendini başka türlü gösterme haline adamıştır. Freud, bana kalırsa bir miktar ironiyle, sansürü hazzın ve bilginin sabotajcısı değil, kolaylaştırıcısı şeklinde baştan tanımlamıştır. Yani Freud sansürü ve sansürcüyü bizim hizmetimize sokar. Sansür travmasını başarılı bir hedonizmin ironik zaferine dönüştürür; hedonizm tüm engellere rağmen varlığını sürdürmektedir. Engellemenin bir özgürlük aracına dönüştürüldüğü bu durumun olağanüstü bir kültürel başarı olduğu söylenebilir. Meşhur Yahudi fıkrasının bir versiyonu gibi: Tanrı üç hafta sonra dünyayı bir sel felaketiyle yok edeceğini söyler. Hıristiyanlar günahlarımızı itiraf etmeli ve daha çok sevap işlemeliyiz der. Yahudilerse suyun altında nefes almayı öğrenmek için üç haftamız var derler.

IV

> Şimdi mektubum sansürcünün elinde. Işığı açıyor adam.
> Kelimelerim, alarma geçmiş, oradan oraya sıçrıyor kafesteki maymunlar gibi,
> Parmaklıkları sallıyor, hareketsiz kalıyor, diş gösteriyorlar.
>
> Tomas Tranströmer, "To Friends Behind a Border"
> [Bir Sınırın Ardındaki Dostlara]

Freud'un psikanalitik metodun temel öğelerinden biri olan, hastanın aklına gelen her şeyi söylemeye teşvik edildiği serbest çağrışımda "sansürün askıya alındığını" ileri sürmesi şaşırtıcı değil belki de; bu yöntemde hasta içsel sansür mekanizmasını geçici bir süreyle göz ardı edip, ne kadar kabul edilemez ya da görünürde önemsiz olursa olsun, aklından her geçeni söylemesi için cesaretlendirilir. Demek oluyor ki, Freud'un bilinçli ya da bilinçdışı varsayımına göre, sansür ne alimi mutlak ne de kadiri mutlaktır; askıya alınabilir, mola verdirilebilir. Sansürcü bizim (analistin ya da hastanın diyelim) birlikte çalışabileceğimiz biridir, bir tür işbirlikçidir. Dolayısıyla sansür psikanalitik tedavinin seyrinde askıya alınabildiği gibi değişikliğe de uğratılabilir. Hatta içsel sansürcünüz, Freud'un ima ettiği gibi, orijinal, ideal ve en kafa dengi işbirlikçiniz olabilir; hem sizin hem de içsel sansürcünüzün en çok ilgilendiği şey söylememeniz gereken şeyler ve kendiniz hakkında bilmemeniz gerekenlerdir. Sizin ve sansürcünüzün sessizliğe, engellemeye, bilgisizliğe, özdenetim denen şeyi baskın hazza dönüştürmeye yönelik ortak bir arzunuz vardır. Sansürcünüzle birlikte yapmaktan keyif aldığınız şeyi fark etmeniz gerekir. Filozof Elizabeth Anscombe'un *Causality and Determination*'da [Nedensellik ve Belirlenim] dediği gibi, "bir insanın niyetine dair en azından bazı doğru şeyler söylemek istediğinizde, geçmişte ya da şimdi gerçekten ne yaptığına değinirseniz başarı şansınız yüksek olacaktır". Sansürcü ve sansürlenen gerçekte ne yapıyordur öyleyse?

Sansürün benliği koruduğu ve benliği aç bıraktığı düşünülür; aç bırakarak korumakta, hem en geniş hem en kısıtlayıcı anlamda benliğe hizmet etmektedir. Güvenliği tehlikeye, kapalılığı açıklığa, alışıldık olanı yabancıya tercih ettiğimiz varsayımına dayanmaktadır. Dolayısıyla, der Freud, sansürü sürekli idare ettiğiniz bir zorbadan ziyade, en önemli sohbet arkadaşınız gibi düşünün. Eskiden egemenliğin olduğu yerde şimdi karşılıklı bir ilişki olabilir; nerede zorbalık varsa orada uzak tutulan bir yaşam deneyimi vardır. Psikanalitik tedavide hasta gelecekte daha iyi bir öz-sansür uygulayabilmek için öz-sansürünü askıya alır. Bu da, kendi daha arzulanır kriterlerinizi oluşturmak için –neyi ne zaman söylememeniz gerektiğini ve neyi ne zaman söyleyebilir olmak istediğinizi anlamak için– sansürcünün sansür kriterlerinin bilincine varmayı gerektirir. Düşününce, asimilasyonları konusunda çelişkili duygulara sahip Yahudiler olarak hem Kafka'nın hem de Freud'un sansürcüyü kendi arzumuz doğrultusunda işe nasıl koşabileceğimizi anlamaya çalışması hiç tuhaf değil. Komünizm ve diğer totaliter rejimler altında yazan yazarları da bu şekilde okuyabiliyoruz. Ama Freud kimi zaman içsel rejimlerle mücadele etmenin de bir o kadar zor, hatta daha bile zor olduğunu ya da içsel rejimlerle başa çıkma yollarının dışsal rejimlerle başa çıkmak için ipuçları verebileceğini ima eder (farklı bir açıdan, kişisel olanın politikliğidir bu). Sansürün bir diyalog olabileceğine hatta benlikle sansürcüsünün temeldeki ikili oyununun diyaloğun paradigması olabileceğine inanmamızı isteyerek, liberal gerçekliğin mevcut stokuna katkıda bulunur.

Trajedi dediğimiz yoğunlaştırılmış sansür dramasında insanın kendine sansür uygulamama kararlılığının getirdiği sonuçlara, zorbalığa ve en hafif tabirle, sansürle kurulabilecek en sakatlayıcı ilişkinin neye benzeyebileceğine tanık oluruz; *Coriolanus'un Tragedya*'sının ikinci perdesinde Brutus manalı bir şekilde "iki kez Censor seçilen ve Censorinus onurlu namını alan kişinin Coriolanus'un atası olduğunu" söyler (Charles Rycroft *Eleştirel Psikanaliz Sözlüğü*'nde sansürcüyü, daha önce değindiğim üzere, "süperegonun teorik atası" şeklinde tanımlarken farkında olmadan bu pasaja gönderme yapıyordur belki de; bu okumayla Coriolanus da süperego figürü oluyor). Trajik ve karakteristik bir şekilde kendine sansür uygulamayan Coriolanus'un tam da Coriolanus'un yapmayı reddettiği şeyi yapabildiği ve yaptığı için –hem halka hesap verdiği hem de onların ihtiyaç ve isteklerini anlayışla karşıladığı ve sorumluluk aldığı için– bir konsül (ve sansürcü) olarak halkın makbul bulduğu bir atası vardır. Savaşlarda kazandığı büyük zaferlerden sonra Coriolanus'un konsüllüğünün onaylanması için Roma halkının desteğini istemesi gerekir ama bunu asla yapmayacaktır. "Tek tatlı söz pahasına bile merhametlerini satın almayacağım" der. Menenius'un ısrarına ("Hadi hadi, fazlasıyla sert davrandınız, çok sert hem de" diye üsteler Menenius, "Gidin ve haklı olan öfkenizi dilinize dolamayın") ve Coriolanus'un asaletini bu gerekçeye dayanarak açıklamasına rağmen -"Yüreğinden geçen hemen ağzından çıkar"*- Coriolanus'un zaferini ve yenilgisini kendini asla sansürlemeyeceği iddiasından şaşmayışı getirir. Coriolanus'a göre öz-sansür insanı alçaltan bir yaltakçılıktır; asaletten ödün veren itaattir. Benliğin hem dahilindeki hem haricindeki diğer seslerin susturulmasıdır. Coriolanus'un kendi imgesine bağımlı olduğunu söyleyebiliriz ki bu imgenin de annesinin ona dair tercih ettiği imge olduğunu öğreniriz sonradan.

Stanley Cavell *Disowning Knowledge*'da Coriolanus'un "nezaket ve patavat yoksunluğunun bedelini araştırdığını" söyler; Cavell'ın "Coriolanus'un sonlu insan varoluşundaki ortaklığını kabullenmeyi reddedişi... başkalarıyla müşterek bir varoluşu bir nevi inkârı" dediği şeye biz Freud'un izinden gidip sansürcüyle sohbet etmekten keyif almayı becerememek diyebiliriz. Coriolanus insanların sansüründen öyle çok etkilenir, öyle ürker ki onlarla diyaloğa giremez ve girmez. Onu sınırlayan şeyden haz alamaz (ya da sınırlamayı bir takas gibi göremez; şair John Crowe'un düşmanla alışveriş yaparak yaşadığımız yorumunu getiriyor akla). Coriolanus'un trajedisinde annesinin suçortaklığının ve karısının itirazlarının dramın ayrılmaz bir parçası olması tesadüf değil elbette. Oyun Coriolanus'un büründüğü kişilikte, en azından kısmen, annesi tarafından yetiştirilme tarzının etkisi olduğunu çok açık bir şekilde ortaya koyar. Ama şunu da belirtmeliyiz ki, ilk sansürcülerin anne, çocuğun bedeni ve sonra da baba olduğu klişesine ters düşecek şekilde, oyun bizi Coriolanus'un öz-sansür eksikliğini ve kendini eleştirme konusundaki tehlikeli yetersizliğini annesi Volumnia'nın teşvik ettiğine ve desteklediğine inanmaya yönlendirir. Demek oluyor ki Coriolanus, trajik olduğu söylenen tüm kahramanlar gibi kendini narsistik ve arzulayan bir benlik ve sansürleyen benlik

* Özdemir Nutku'nun çevirisinden faydalanılmıştır. *Coriolanus'un Tragedyası*, İş Bankası Kültür Yayınları, 2014. (ç.n.)

şeklinde ikiye bölmeyi beceremez ya da bölmek istemez (Cavell'in deyişiyle "nezaket ve patavat yoksunluğu" budur). Freud'un bizi görmeye davet ettiği gibi, sansürün faydalarını görememiştir asla. Oysa sabotaj gibi görünen şey aslında kılık değiştirmiş bir fırsat olabilir. Dolayısıyla Freud'un ve farklı bir şekilde Kafka'nın sormamızı istediği soru şudur: Engellemek istediğiniz şey ve onu engelleme şekliniz neyi mümkün kılıyor? Tapınağa giren leoparlar her zaman olacak. Mesele, leoparların neye hizmet edeceği, tabii eğer bir şeye hizmet edeceklerse. Ve buna kimin karar vereceği.

Kayıp Üzerine

İnsan doğası, öyleyse, kendi üstünlüğümüze duyduğumuz inancı ayakta tutmak için dayanak vazifesi görmenin ötesine pek geçmez.

Tim Ingóld, *Antropoloji: Neden Önemli*

Kayıp kültünün pek çok coşkun mensubu vardır, hep de oldu. Ve her kültte olduğu gibi, kayıp kültünü eleştirenler genellikle, sırf kendilerini bir şeye adayan ve aynı kafadan insan grupları için bu kelimeyi kullandıkları için bile ya şeytanlaştırılır yahut da görmezden gelinirler. Ralph Waldo Emerson, oğlunun ölümü üzerine "Yasın bana öğrettiği yegâne şey ne kadar sığ bir şey olduğu" yazdığında hiç alkış almamış, hatta kale bile alınmamıştı. Kraliyet ailesinin yakın zamanlı cenazesini eleştiren muhalifler de ağır bir şekilde cezalandırıldı. Yasın temelindeki yıkımları kabul etmemek ya da bir hayat ne kadar iyi yaşanmış olursa olsun kaybını ciddiye almamak akıl almaz bir katı yüreklilik gibi ya da bir şekilde patolojik gelir insanlara. Faniliğimizi, asli savunmasızlığımızı ya da zamanın geçişini, hatta belki de yalnızca diğer insanlarla özdeşimimizi inkâr etmek gibi gelir (şiddet ve gaddarlık ise kayba dair kafa karıştırıcı bir ilgisizlik veya umursamazlıktır şüphesiz). Canlı olan her şeyin ne kadar kırılgan olduğunu fark etmemiş olmak, bundan yılmamış olmak ve bunları düşünmeye dayanabildiğimizde bunun hayatlarımızın bilgilendirici bir gerçeği gibi göründüğünü inkâr etmek garip olurdu. Sanki bizi bu geçicilik ve mahrumiyet tanımlıyormuş gibi. Dolayısıyla kayıp fikri karşısında büyülenmemize ve kaybı her yere uyarlama, her şeyi kayıp fikriyle açıklama isteğimize (gençliğin kaybı olarak yaşlılık, sağlığın kaybı olarak hastalık, akli dengenin kaybı olarak delilik, iyiliğin yokluğu olarak kötülük vesaire) itiraz eden bir kişinin, gerçeklikle ilişkisinin koptuğuna ya da yok yere provokatif davrandığına hükmedilir. Kayıp bizim evrensel dinimiz gibi görünmektedir. Kayıp kültü. Bir şeyden vazgeçmenin cazibesi. Canlılık hissini bozdurup bozdurup harcama isteği.

Öte yandan, hiçbir şey zihni kayıp kadar daraltmaz; eğer en acil arzularımızdan biri zihnimizi daraltmak, kendimizi basitleştirmek, iyice basite indirgemekse, kayıp işimiz görecektir. Eğer kâr, kaybı telafi etmek içinse; selamet, bizi yokluktan kurtarmak içinse; haz, geçiciliğini unutturmak içinse, kendimizi, şu habis ve yanıltıcı tabirle, potansiyel kaybedenler gibi gördüğümüz açık. (Yalnızca kazananların kaybedebileceğini biliyoruz elbette; sorun, her ikisi de olmak istemek.) Ama eğer özünde ağıt yakmaya meraklı, yalnızca kaybettiklerine, kaybedebileceklerine veya kaybedeceklerine takıntılı mahluklarsak, başka hiçbir hayvanın böyle bir sıkıntısı olmadığını da kayda geçelim. Hayvanlar da kaybı hissediyor şüphesiz; hasta olduklarında ya da türdeşlerinden biri öldüğünde bir değişimden geçtiklerine tanık oluyoruz; bütün mesele hayatta kalmak ise, hepimiz hayatın, hayatların kaybıyla mücadele ediyoruz. Ama diğer hayvanlar kayıptan ziyade veya kaybın yerine, hayatta kalmakla ilgileniyor gibiler.

Bize kaybı (kaybı yaşama ve tanıma biçimlerimizi) ve kaybın ayrıntılı bir şekilde işlenişini dil ve kültürel yapı verir. Başka bir deyişle, dilin yoklukla işbirliğini hatırlamamız gerekir: Yalnızca bir kelimeyi kullanmak bile atıfta bulunduğu şeyin yokluğunu teslim etmektir; sanki dilin ta kendisi, kelimeyi kullanarak kaybı izleğimiz ve mecramız kılar. Kelimeler, ne kadar şen de olsalar, temsil ettikleri şeyin ardından tutulan yastır aynı zamanda. Aynı şekilde, ikinci doğamız olarak dil, kaybın neyi düşünmenin yolu olabileceğini anlamayı zorlaştırır. Kaybın kendisinin düşünmenin bir yolu olmasının dışında tabii (kayıp üzerine düşünmenin neyi düşünmemenin bir yolu olduğu da çok yüzeysel bir soru olmayabilir). Diğer bir deyişle, kayıp fikrini ve deneyimini bize ne fayda getirmesi için kullandığımız ve bu temel kafa karışıklığının bize elde etmek istediğimiz hayatları sağlayıp sağlamadığı apaçık belli değil. İyi ya da yaşanabilir bir hayatın başka neyle iştigal edebileceği de öyle. Kayba bunca ilgi duymasaydık başka nelere ilgi duyabilirdik? Kayıp gerçekten faydalı bir şekilde baştan tanımlanabilir mi yoksa fani, bağımlı ve ara ara da rasyonel hayvanlar olarak bizlerin kaderi mi böyle her şeyi kaybın ya da kayıp beklentisinin etrafında örgütlenmiş görmek?

Robert Hass müthiş şiiri "Meditation at Lagunitas"a [Lagunitas'ta Tefekkür] "Bütün yeni düşünceler kayba dairdir/Eski düşüncelerle bu açıdan benzerdir" dizeleriyle başladığında, bu hem itiraz edilemez hem de tuhaf bir şekilde rahatsız edici gelir. Aslında hiçbir şey değişmiyor, demek gibidir bu; aslında düşündüğümüz tek bir şey var ve düşünmek de kayıpla başa çıkmanın bir yolu. Bütün deneyim, merak, öngörülemezlik, doğaçlama ve karmaşıklık kaybın ardından çöküverir. En azından pragmatistler olarak, bunun özcülüğün en uç noktası olduğunu düşünebiliriz; bu, üzerine kurulduğumuz temeldir; belki de, işin özünde, bize öz fikrini veren özcülüğümüzdür bizim. Bir tek düşüncenin hükümdarı olmak böyle bir şeydir. Bir kültte yaşamak böyle bir şeydir.

Freud'a ve izinden giden psikanalistlere göre çocukluk, öncelikle, hatta sadece kayıpla tanışma dönemidir. Gelişimimiz dediğimiz şey kayıptan ne anlam çıkarıyorsak odur. Dolayısıyla Freud *Haz İlkesinin Ötesi*'ndeki meşhur hikâyesinde, *gitti-işte burada* oyunu denilegelen, torununun bir ipe bağlı tahta oyuncağını beşiğinden atıp geri çıkarırken "fort!" (gitti), "da!" (işte burada) diye bağırdığı oyunun, çocuğun annesinin yanında olmadığı zamanlar bu travmatik deneyimi sembolik bir biçimde yineleyerek üstesinden gelmesinin yolu sayar; çocuk edilgen bir şekilde katlanmak zorunda kaldığı şeyi etkin bir şekilde kontrol ettiği bir oyuna dönüştürmüştür. Freud bizim de aynı şeyi yaptığımızı ileri sürer; hatta kültür bile böyle işler, bu işe yarar: kaybın üstesinden gelmeye. Çocuk kaybın üstesinden gelse de, gelmese de (kaybın üstesinden gelmek her ne demekse) annesinin ara ara kaçınılmaz bir şekilde ortadan kaybolması deneyimini kendisi için baştan tanımladığı muhakkaktır. Annesinin geçici kaybının gerçek bir kayıp olduğunu düşünmemektedir; gerçi geçici bir yokluğun kalıcı bir yokluğa dönüşüp dönüşmeyeceğini kimse bilemez elbette. Ama artık bir kayıp mıdır bu, yoksa oyun mu? Kayıp, yaratıcılığımızı harekete geçirsin diye dönüştürmenin yollarını bulmamız gereken şey midir? Kayıp, gereksiz bir neşeye kaçmadan, "inkâr haline" girmeden bir ilham kaynağı gibi de tanımlanabilir mi en baştan? Eğer kayıp sorun değil de asıl meseleyse -ve birbirimizle ilgilenip birbirimizi önemsemekten alıkoymuyorsa bu bizi- kayıp karşısında daha az dehşete düşebilir, kaybı daha az takıntı haline getirebilir, ondan daha az etkilenebiliriz. O zaman da Picasso'nun muhteşem böbürlenmesini anlayabilir ve kullanabiliriz, "Ben aramam, bulurum". O zaman mesele bulmak olur, kaybetmek değil. Kayıp kendi içinde bir amaç olmaz bundan böyle. Kayıp, felaket kabilinden değilse eğer, bir tür sahne korkusudur.

Sonsöz

Bir şeylerden vazgeçmeyi ilk önce çocuklukta öğreniriz. Hüsranın nimetleri, faydaları ve alabildiğine gerçek ızdırabıyla çocuklukta tanışırız. Ve hepsinden önemlisi, megalomanimizden, dünyanın bizim ihtiyaç ve isteklerimizin etrafında örgütlendiği yollu alimi mutlak ve kadiri mutlak varsayımımızdan vazgeçmeye ve ihtiyaç duyduğumuz insanları elimizde bir kumanda varmış gibi kontrol edemeyeceğimizi yavaş yavaş kabullenmeye çocuklukta teşvik ediliriz. Öyle ki fedakârlıktan bahsetmeden büyümekten bahsetmek mümkün değil artık. Soru daima şu: Gelişmek için, hayatlarımızın bir sonraki aşamasına geçmek için neyi feda edeceğiz?

Kendi megalomanimizden başka nelerden ilham alabileceğimizi bulmak psikanalizin, hatta belki dinin de nispeten daha faydalı amaçlarından biri olabilir. Ama gelişimimizin çocukluk benliklerimizle ilgili belli şeylerden, en başta da mutlak bir kendine yeterlik fantezisine bağlılığımızdan vazgeçmeye dayandığı varsayılır. Diğer bir deyişle, gelişimle ilgili psikanalitik hikâyelerin hepsi bağımlılığımızla kurduğumuz ilişkiyle alakalıdır. Bağımlılığımızı aştığımız değil, daha ziyade, mümkünse, kendimizi bağımlılığa açtığımız varsayılır. (Hayatımız boyunca eşit ölçüde ve mutlak bir şekilde başkalarına bağımlıyızdır, bağımlılığımız farklı şekiller alır sadece.)

Öte yandan, bize belletilen hikâyelerden biri de büyümek denen şeyin artık küçük gelen önceki benliklerimizi geride bırakmak olduğudur. "Çocukken" der Kutsal Kitap meşhur sözleriyle, "çocuk gibi konuşur, çocuk gibi anlar, çocuk gibi düşünürdüm; yetişkin biri olunca çocukça davranışları bıraktım". Kimi modern kulaklara çok sert gelebilir bu; bilimsel olmaması ya da ahlaki ve gelişimsel açıdan düpedüz yanlış olması da cabası. Öte yandan vazgeçmenin, bu örnekte "çocukça davranışlar" olduğu söylenen şeylerden vazgeçmenin yıkımı, yeniden değerlendirmeyi ve önce dışarıda bırakılan şeyleri sonradan dahil etmeyi içerip içermediği, gelişim adına kendimize dair bir şeyleri feda edip etmediğimiz ya da bunları yeniden tanımlayıp tanımlamadığımız sorusunu sorduruyor. Gelişimsel kuramlara göre (gerek psikanalitik kuramlarda gerek diğerlerinde) yaşam döngüsü denen şeyin hiçbir aşamasının geçersiz kılınmadığı, ıskartaya çıkarılmadığı, aksine döngüye dahil edildiği kanıksanmıştır örneğin. (Kafka'nın vurguladığı gibi, yüzüp yüzemediğimden bağımsız olarak vaktiyle yüzemediğim için bir anlamda yüzemem.) Bir bakıma, büyürken olageldiğimiz herkesizdir biz. Bu da, gelişimin gerektirdiğine inanmaya dünden razı olduğumuz vazgeçmeyi nasıl tanımlayacağımızı değiştiriyor elbette.

Gelişimi feragat gibi görme meselesi üzerine düşünmenin işe yarar bir yolu, çocukluk anılarının yetişkin hayatımızdaki yerini düşünmek olabilir. Çocukluğumuzun her bir saniyesini yaşasak da çok küçük bir kısmını hatırlamamız gerçekten şaşırtıcı. Çok şey hatırlar gibi göründüğümüzde bile, yoğun bir şekilde hissedilmiş deneyimlerden oluşan çok geniş bir yelpazenin küçücük bir kısmı oluyor bu. Wordsworth ve Freud'un izinden gidip çocukluğun yetişkin hayatı öyle ya da böyle hem biçimlendirdiği hem de belirlediği şeklindeki modern fikri kabul etsek de, ki çocuk gelişimine yönelik yüz yılı aşkın süreli araştırmalar çocukluğun neredeyse her şeyi etkilediğini ama çok az şeyi belirlediğini gösteriyor, alışılmadık ölçüde müphem bir kaynağa başvurmuş oluruz.

Kurucu (kutsal) metinlerimiz ne derse desin, özgün ya da özgünleştiren ya da yaratılış mitini meşrulaştıran bir tür köken mahiyetiyle çocukluk fikri şaşırtıcı ölçüde desteksiz kalmış bir fikir; ne kadar çok şey hatırladığımızı düşünürsek düşünelim hatıralarımızda büyük boşluklar, silinmiş anılar var. Ve başka insanlar anılarımızı her zaman teyit etmez, bu anılara dahil olduğunu sandığımız insanlar aynı anılara ortak olmayabilir (kişinin çocukluğunu hatırlaması alışılmadık ölçüde hayal gücü barındıran bir eylemdir sanki). Çocukluk, travmatik olsun ya da olmasın anılarımızın demirbaşı olmaya meyleden az sayıda önemli olaya rağmen, hatırladığımız haliyle tamamen tekbenci ve anlıktır. Çocukluğumuz sandığımız unutulmaz sahneler ve dramalar, Freud'un hatırda kalır tabiriyle "perde anı" dediği şeyler bile olabilir. Freud çocukluk anılarımızın hiçbirinin gerçek olmayabileceğini ileri sürer ve hatta çocukluk anısı dediğimiz şeylerin rüyalarla veya çocukluk arzularımızı şifreleyen sembolik sahnelerle akraba olabileceğini söyler. Belleğin tarihsel hakikatten değil arzudan mamul olduğunu iddia eder. Çocukluk anılarının bu şekilde açıklanmasının travmatik ve travmatize edici sonucu, çocukken uğranılan cinsel istismarın inkâr edilmesiydi. Öte yandan bunun, Freud'un çocukluğun en büyük acılarından bazılarını önemli sonuçlar doğuracak bir şekilde reddettiğinin kabulü, kendisinin çocukluk anılarına ve bu anılarda inanılacak ve inanılmayacak şeylere dair kimi zaman faydalı ve yol gösterici olabilen şüpheciliğine de gölge düşürdü. Çocukluğu ciddiye almanın pek çok yolu vardır. Ve bir şeye direnç göstermekle onu hazır olduğunda yapmak arasında da fark vardır.

Freud yetişkin hastalarının çocukluk hatıralarını ve çocukluklarını yeniden kuruşlarını dinledikçe, görünürde hatırladıklarının ne anlama gelebileceğini daha çok merak eder oldu. Çocukluk anılarının doğruluğunu teyit etmek hemen hemen imkânsızdı, üstelik tekrarlandıkça değişebiliyorlardı; bu da Freud'u ve takipçilerini yetişkinlerin sözümona çocukluklarından bahsederken aslında kendilerine ve başkalarına ne yaptıklarını merak etmeye teşvik etti. Kritik soru şuydu: Bu anılar doğru mu? Ama sonra giderek ilgilerini çeken soru şu oldu: İnsanlar çocukluklarını hatırlarken ne yapmak istiyorlardı aslında? Uzun lafın kısası, belleğin amacı ve işlevi neydi? İnsanın çocukluğundan bahsetmesi neyi istemenin, hatta neden bahsetmenin yolu aslında? İntikam, adalet ya da çektikleri acının gerçekçi bir teslimini aramıyorlarsa, neyi arıyor olabilirler çocukluklarında? Neticede çocukluk kim olduğumuzu ya da olabileceğimizi bulmak için bakmamız gereken yerse, çok fazla malzeme, elde çok fazla kanıt yoktur (gerçi bütün kanıtlar oralarda bir yerde de olabilir). Bu da, elbette, ne kadar az olsalar da, çocukluk anılarını hem isabetli hem de isabetsiz bir şekilde önemli ve tabii aynı zamanda şüpheli kılar. Nadir oluşları değerlerini hem teyit eder hem de sorgulatır aynı zamanda. Çocukluk anılarımızın ne kadar seçici olduğunu fark etmemek elde olmadığı için de (onca çok anıdan bunca azı kalır) ister istemez neleri niçin çıkarıyor olabileceğimizi (ve hepsinin nerede olduğunu) merak ederiz. Önemli anıların tertip edilemeyeceğini anlamak için Proust okumak şart değil; istediğimizde hatırladıklarımız da genellikle ya en az ilginçler ya da en rahatsız ediciler oluyor.

Psikanalizin çocukluk anıları hakkında kısa zamanda ortaya koyduğu malum soruların malum (bilimsel) bir çözümü vardı: Yetişkinlerin çocukluk anılarını tasdik etmek üzere çocukları incelemek ve onları psikanalize tabi tutmak. Yapmamız gereken tek şey kaynağa yaklaşıp onu gözlemlemekti. Bellek ampirik araştırmalarla aydınlatılacaktı; çocukluk bir dizi anı gibi değil, gelişim süreci gibi görülecekti. Ama çocukların deneyimlerine nasıl anlam verdiği, yaşadıkları şeyi nasıl sindirdikleri pek gözlemlenemedi. Çocukların psikanalizden geçmesi bile, ne kadar bilgilendirici olsa da, sırları ortaya dökemedi. Hem de çok basit bir sebepten: Çocukluk yetişkinliğin sebebi değildi, önkoşuluydu sadece. Çocukluk yetişkinlikle ilgili belli şeyleri açıklayabilir ya da açıklayabilirmiş gibi görünebilirdi ama yetişkinliğin kendisini açıklayamaz ya da daha doğrusu öngöremezdi. Yetişkinlikle çocukluk arasındaki (yetişkinlik deneyimiyle çocukluk anıları arasındaki) ilişkiyi doğru anlamak değildi mesele; bu konuda ilginç, yeni ve faydalı bir şeyler söyleyip söyleyemeyeceğimizdi. Eğer çocukluğa bir hayrımız dokunamayacaksa bununla başka ne yapabiliriz?

Bir çocuğun anılarını kurmasını gözlemleyemeyiz; bir çocuğu kendine bir geçmiş inşa ederken gözlemleyemeyiz; bir çocuğun deneyimini yol aldıkça yeniden yorumlamasını gözlemleyemeyiz. O da gözlemleyemez. Başka ne olursa olsun, çocukluk çocuklar için çocuğun dönüştüğü yetişkin için olduğu kadar ele gelmezdir. Ama çocukluğumuzdan bahsettiğimizde bizim için önemli olan bir şeyden bahsediyoruzdur, bunun ne olduğunu her zaman bilmesek de. Öte yandan çocukça şeylerimizi, çocukça davranışlarımızı ortadan kaldırıyorsak, onları bir yere kaldırdığımız açık. Ve onları, bazılarını, bir yere koyup kaldırıyorsak, nerede olduklarını biliyoruzdur. Demek oluyor ki vazgeçmenin bir şeyi kendimizden geçip vermek demek olduğunu hatırlamamız gerek. Ve tam olarak neden vazgeçtiğimizi, vazgeçip bunu kimin eline geçirdiğimizi ve ne için geçirdiğimizi merak etmemiz gerek.

AYRINTI